WAC BUNKO

コロナという「非日常」を生きる

曽野綾子

WAC

コロナという
」を生きる

目次

第1章　コロナという「非日常」

第2章　人生の持ち時間

第3章　家族の体温

第4章 二番手の愉しみ

装幀／須川貴弘（ＷＡＣ装幀室）

第1章

コロナという「非日常」

若者に「非常事態」の体験を

　ここのところ世間はコロナで大騒ぎしているというのに、私は家の中に閉じこもっているので、社会を見ていることにならない。

「駅前に人がいる?」

「商店街を人が歩いている?」

　と、通って来る秘書に訊くだけで、もともと沈んだような老人の多い住宅地に住んでいる私には、外界の変化が感じられることもめったにない。但《ただ》し、テレビのニュースというものはありがたいもので、終始統計だの数字だのを挙げて示してくれるので、心情的に社会状況に尾ひれを付けて恐怖に駆られたり、「それ行けドンドン」というような気分に乗ったりすることもない。

　現在のところ、私の周囲にコロナに罹《かか》っているらしい人は一人もいないし、我が家に通って来てくれる秘書の知人の間でも、コロナが出たという話は聞いたことがないという。コロナではないが、ずっとごろごろしているのは、我が家の二匹の猫だけである。

子供の時から、私の中では「世間は予想された筋書き通りにはならない」という思いが、人一倍強いように思う。一日に十時間勉強すれば東大に入れるとか、医学的に証明されているような栄養の摂取、乃至《ないし》は用心すれば病気にならない、という信仰めいたものはなかった。

私は母が三十代になって生まれた一人娘だったので、母にすればこの子を失うと、もう後は子供を持てないと当時は思ったらしく、細菌恐怖症のように神経質に育てたらしい。当時はチフスや疫痢・赤痢などという病気が、簡単に幼児の命取りになった。だから母は、ピクニックに行った先でリンゴを剝《む》く時にも、リンゴの外皮をアルコール綿で消毒してから剝いた、という滑稽な逸話を残した。

一方私は、過保護の外圧に耐えかねてまもなく反抗的に野蛮な生活を好むようになった。それは戦争末期の混乱に組み込まれると、ますます便利な姿勢に思われ、そのまま日本の敗戦に雪崩《なだ》れ込んで、私の好みと言うか性癖となった。私がアフリカにたびたび行くようになったのも、こうした個人的な滑稽な歴史があるからだろう。

現実として私は成人するまでの間に、母の人生に対する用心の姿勢をすっかり失ってしまった。むしろ、世の中のことは決して予想通りにはならない、と信じて成長したような気がする。

私の十代の前半は、第二次世界大戦の終末期だった。昭和二十年二月末まで東京で暮らしていた私は、毎晩のように激しい空襲に遭《あ》った。

夜の九時頃、警戒警報を告げるサイレンが鳴ると、アメリカの爆撃機が現実に東京の上空に現れるまで三時間ちょっとある。その間に母はご飯を炊いてにぎり飯をつくり、寝入りばなでちゃんと眼覚めていない私に、着替えをさせて防空壕に入れる。それから数時間かかる空爆の間、親も子供を守り切ることはできなかった。

庭の防空壕は、近くに落ちた爆弾の破片を防ぐ力はあるが、中にいる人の生命を直撃した爆弾から守ることはできない。空爆が始まってから空襲警報が解除されるまでの一、二時間、一人の市民が生きるか死ぬかは、全く運だけであった。

私はまだ子供だったし、いわゆる音感も良くなかったのだが、それでも毎日のように東京がアメリカのB29爆撃機の襲来を受けるようになると、襲って来る爆音の微妙な違いを聞き分けられるようになった。やや遠くの上空を通り過ぎる時の音、かなり近くをかすめる音、多分直撃弾を落とされる範囲まで頭上に迫る時の音などをすべて聞き分けられるようになると、私はまだ十三歳の子供だったのに、精神的に異常を来《きた》すようになった。前線の兵士がかかるという砲弾恐怖症の一種ではなかったかと思う。

母によると、私は泣いてばかりいて、ほとんど物を言わなくなった。しかし自分自身としては、当時の記憶はない。ただ一言だけ、当時の思いを記憶している。その頃、「明日まで多分生きていられる保証のある日を生きたい」と思っていたのである。

私が嫌だったのは死ぬことではなく、死を予告されることだった。死ぬまでの五秒か十秒の間に、死ぬかもしれないと思わされていることが苦しかったのである。

ごく最近、ということはその頃から七十数年も経《た》ってから、私は一人のアメリカ人にその話をした。相手は文学畑の穏やかな性格の人だった。

「まだ子供だったあなたを、アメリカ軍の戦闘機が撃ったというのですか？」

空襲の後に東京の大田区にある家の敷地で、私は数度アメリカの艦載機の機銃掃射を受けた。

そのうちの一回は、平屋の家の、ほとんど屋根すれすれから現れたグラマン戦闘機（それは東京湾のすぐ外にいたアメリカの空母から飛び立って来ると言われていた）で、私めがけて機銃を撃った。私はその時庭にいたが、グラマンは平屋の屋根から突然姿を現し、近視の私にも操縦席に人の顔が見えたくらいだった。しかし勿論《もちろん》、パイロットは私を見つけるのがほんの一、二秒遅かったので、銃弾は私の遥か彼方に飛び去った。

「そうとしか思えません。当時も今も、私が住んでいるのは郊外の住宅専用地域です」

「でもそこで民間人の、しかも十三歳の女の子を撃った？」

「おまわりさんと、休暇で帰って来ている軍人はいたかもしれませんが、完全に民間の住宅地、非武装地区です」

「そんなことはあり得ない」

私は相手のアメリカ人の常識と善意を、これ以上傷つけたくないと思った。彼自身が知っているアメリカにはごく普通にそういう風土があったのだろう。誰でも、自分の知っている姿形が「そのもの」なのだ。

少なくとも私の場合、「知」に属する部分は、書物からよりも多く体験によって定着した。学問的秀才ではなかった証拠である。つまり世の中が、論理ではなく、予想しがたい現実によって或る決着を見ると、私の本性の一部はいきいきと反応した。この楽しさ故に私は作家になったのかもしれない、と思うくらいである。反対に理論通りになると、私の小さな前頭葉にこびりついている僅《わず》かな知性は出番を失ったかのようにふてくされて、ますます動きが悪くなるのが普通だった。

数十年前のこんな愚かしい逸話を思い出したのは、やはりコロナ騒ぎのおかげである。文学とは荒々しい状況を好むものだ、ということは、カミュの『ペスト』によっても表されている。穏やかな日常より、如何ともしがたい運命の荒波の中に置かれた人間の方が、より明晰な人間らしさを見せるのだ。

多分、今度のコロナ騒ぎは、不発弾のように、騒ぎ立てたほどのことはなく呆気なく終息するだろう。しかも最近の日本では、異常事態そのものが珍しくなくなっている。そのための避難訓練などというものも考え出されているのだが、異常事態を人為的につくることはほとんどできない。私たちが体験するのは「訓練」という形だが、これはまた現実の緊張感とは全く違うだらけたものである。

私もビルの消防訓練、客船の退避訓練、空襲や爆撃からの避難訓練など、幾つかの訓練をさせられたが、どれも当然のことだが実感や緊張感に欠け、私自身は不遜な態度でその時間をやり過ごした。生来、役者にはなれなかったせいもある。

しかし思わぬところで、異常事態は人間の本性を見せる。

私は今までに、常識的な人なら避けるような土地を旅行した。アメリカ合衆国からパナマ運河までとか、アフリカは地中海に面したアルジェリアから象牙海岸までの砂漠とか、である。自動車の故障やガソリンが切れることを心配してくれる知人もいたが、私が常に現実的な杞憂を抱いていたのは、強盗に遭うことだった。

サハラ砂漠では、二十四時間に一台くらいしか行き交う車に遭わない。本来なら久しぶりに人間の姿を見たら、熱いお茶などご馳走して嬉しいはずである。「道はどうだったかね」などと、お互いに貴重な情報も得られる。しかし相手が強盗なら、こちらは即座に全員が殺されるだろう。何しろ相手は銃器を持っているが、私たちは料理包丁くらいしか持ち合わせていないからだ。簡単に車と金は奪われ、遺体はその辺に埋められれば足がつくこともない。そこは、どこの国の警察も立ち入っていない荒野なのだ。車はサハラに面したどこか別の国の怪しげな集団に、簡単に売られるだろう。

コロナは呆気なく終わるだろうが、日本人は時々、日常性の範囲にない暮らしをする方がいい。殊《こと》に十代、二十代の若者には「非常事態」を体験させる方がいい。「いざという時」を全く知らない若者たちは、実は「教育貧民」なのだから。

ズル休みの才覚

先日来のコロナ騒ぎで、最近の日本人についておもしろい発見をした。

正確には覚えていないのだが、緊急な用事がない限り住んでいる域外へ外出をしないように命じられた日があった。

自分の悪い性格を見せびらかすつもりもないが、私は幼い時から他人の命令は、政治的なものであれ、学校の先生のものであれ、いい加減に聞いておけばいい、という姿勢が脱《ぬ》けなかった。

「不要不急の外出をしないように」と言われた日に外出したくなったら、出ればいい、と初めから思っている。途中で外を出歩いている理由を聞かれたら、「目黒の叔母さんが病気だというので心配になって……」式の嘘の言い訳を作ってあるから大丈夫だ。本当に、目黒に叔母さんはいなくても、目黒区内に住む一人の友人の住所は暗記しているから、聞かれたらニセの目的地をすらすら答えるつもりだ。多くの人間は、それぞれ社会の名目上の任務で生きている。だからその基本的姿勢を守ればいいのである。

外出を控えるように、と言われたって、それほど厳密に考えなくていい。ただなぜ外出したか聞かれた時、世間に対してその理由らしいものを示せればいいのだ。

昔は何か行動の理由を聞かれたら、もっぱら電報を使った。「うちから電報が来たので、行かねばならない」というのである。当時電話も一般的でなく、ファックスなどこの世になかった時代だ。

「○○ビョウキ、スグカエレ」

「○○シンダ、カネオクレ」

というのであった。電報はすべてカタカナ表記であった。理由は嘘でも、そこに金がなくなって困っている人物がいることだけはまちがいない。おかしいのは、自分が死んだから自分あてに「金送れ」というニセの無心の電報を親あてに打った男もいたという笑い話もあったことだった。

そんなバカな話を書いている場合ではない。つい最近、コロナ感染を防ぐために外出しないように、という「おふれ」の出た日があった。強制ではないし、その日出勤してきた秘書によると、駅の人波も平日同様だったという。つまり出なければならない人と、出たい人は、平気で外出していた、ということだろう。それが平常ということで本当にありがたい状況である。

銘々個人が自分のしたいことをしていて、それで人出も普通、マーケットの商品も平常に並んでいるという状態が一番いいのだ。ただ社会としては、公共の場にだけは人に出て来てほしくない場合があるのだろう。それといつ社会的な変化が来るかわからないから、普段と違って、ほしい品も気楽に買い溜めなどしないでほしい、という状況はあるだろう、と思う。

外出したグループについては、私はあまり関心がない。

外出と言ったって、いろいろな歩き方がある。亡夫が生きていたら、今回もまちがいなく外出しただろうが、私たちの住んでいる東京のはずれの、人通りのない住宅地を選んで歩くのが好きだったから、社会的変化としては眼に留められなかっただろう、と思う。

我が家から副都心と言われる渋谷駅までは鉄道の路線に沿って大体の距離を測ると、約七キロくらいだが、町の通りを選んで現実に歩けば、十キロまではならないにしても八キロか九キロにはなる筈《はず》だ。その距離を、生前の夫は歩いて渋谷まで行き、お目当ての本屋で本を一冊買って、帰りは電車に乗って帰って来るのが、お気に入りの散歩コースだった。ケチが売り物だったから「これで片道の電車賃百八十円はタダになった」と、その日のお客にまで言いふらすのである。もっとも大学で教え子だった人からは、「先生、ズボンの裾と靴のかかとの減り代を考えると、とてもそういう計算では済みませんよ」と笑われていた。

今回、別に強制ではないのだが、できるだけ都民に、自家で日曜日を過ごすように言われた日もあった。あまり出歩くな、というのなら、家にいる他はない。その間ずっと馴染みの喫茶店にいるにしても、小遣いもいるし運動不足で体が痛くなるかもしれない。

しかし最近の人々の姿を見ていると、どうも家にいる方法がわからないようである。

私は職業柄、一日中家にいるのが普通で、しかも性格的にも外出がそれほど好きではない。だから「できるだけ家にいるように」と言われても少しも圧迫を感じない。

急ぎの仕事があるなら一日中書く。しかしそれほど急ぐ原稿がないなら、思いつきで片づけものをする。引き出し二つとか書棚五段とかを、整理するか、捨てるものは捨て、雑巾でゴミを拭き取り、そのようにしてできた空間を愛《め》でる。空間というものは私にとって一つの財産だ。その分だけ又、新しいものが買える。

私が著述業でなくても、私は住んでいる家の空間の中ですべきことがたくさんある。小さな地面に生える雑草を抜くこと、不用な物を捨てること、長らく放置してあるカーテンやテーブルクロスなどの洗濯の手順を進めること、書棚の埃を拭くこと、庭においてある植木鉢にたっぷり水をやること。どれも意外と時間のかかる仕事なのだ。

しかし我が家と違って書棚や植木鉢とは無縁の暮らしもあるだろう。しかしそういう家でも、人は家にいてこそできる仕事というものを、昔はよく知っていたのである。貯蔵している米や豆などを空気にさらすこと、毎日使っている蒲団を充分に干すこと、冷蔵庫の中味の整理をすること。

私の母などの世代は秋によく、着物を虫干ししていた。一番広い部屋に紐《ひも》を張りめぐらし、普段は着ない余所《よそ》行きを拡げて風を通す。子供は見たことのない着物の間をかいくぐって遊び廻る。ちょっとした楽しみだった。

今の人たちは「家にいるように」と言われると何をしたらいいのかわからないようだ。一番手軽な時間つぶしは、本を読むことだ。

私の作った家庭はだらしなく、私は夏など風通しのいい場所に寝ころがって本を読んでいた。自分が幼い頃風邪をひいて一日学校を休んで寝ていることになると、「風邪をひいたご褒美」をもらえた。読みたい本を一冊買ってもらえるのである。それだけで、私は大きな得をしたような気分になった。本は何でもいいのである。一日寝床の中で江戸川乱歩の推理小説を読めるなら、風邪をひくとは何といいことだろう、と本気で思っていた。

家ですることは昔からたくさんあった。洗濯機もない時代には、溜まった洗濯物を洗うのは決して楽しいことではなかった。しかし家にいろ、と言われたらすることは山のようにあった。身の回りの片づけ、狭い庭の雑草採り、余った食材でやや保存食風のおかずを作っておくこと、蒲団《ふとん》カバーの洗濯、季節に合わないまま使い続けていたり始末を怠っている衣服の整理。

私の父は、大した美術品を持っているわけでもなかったが、毎月一日に床《とこ》の間《ま》の掛け軸をかけ換えた。家をつくる時、床の間なんかをつくるからこういう面倒なことになるのだ、と私は心の中で思っていたが、口に出して言ったことはない。床の間の掛け軸も、家長制度の存在を表しているのだろうが、私が悪意を持ち続けたそうした制度は、私が捨て去ろうとしたからか父の代で終わりになった。

私が結婚した相手の親たちは温厚な人たちだったが、その付き合いの多くは無政府主義者のような思想の仲間で、床の間や掛け軸には縁のない人たちらしかった。もっとも義父は売れない絵描きの画を何枚ももっていた。長く居候《いそうろう》をしたお礼に描いて置いていったものらしかった。

義母（姑）はいつも夫（義父）がお金があると、生涯の研究対象だったダンテの本ばかり買うか、家に食客《しょっかく》を置いておくかする苦労話をしていたが、私はその手の辻褄の合わない話が好きだった。私の育った家は折り目正し過ぎて、食客などいたことがない。つまりあらゆる意味でつまらない家だったのである。

つまらない家ではどういうふうに暮らすか。大した選択はできない。私は仕方なく本を読んだ。ゲーム類も少しはもっていたが、大人のゲーム狂を呼んで盛大に楽しく遊ぶ空気は許されなかった。つまり昔から普通の家では、家にいろと言われたって大した悪はできなかったのである。床の中で居眠りするか、本を読むか、さぼって溜まっていた仕事を片づけるか、趣味の手仕事をするか、そんな程度の選択肢しかない。

だからコロナのおかげで思わぬ休みができたって、才覚のある人でなければ、面白いズル休みにはできないわけだ。ズル休みにだって才覚が要る。このことを肝に銘じておくことだ。

零下二十度のオーロラの地で

冬になると、日本中のあちこちで、記録的寒さや大雪のニュースが出る。よく生まれ月によって寒さや暑さに対する抵抗力が違うというが、私は九月の残暑厳しい時期の生まれで、典型的な「寒さに弱く、暑さにはどうやら耐えられる体質」である。夏太りするというほどでもないが、暑さ負けをして、食欲がなくなったことなどない。

人間はどのような気温の中でも、それなりに耐えて、自分を失わずに生きられることが望ましい、と私は思っているので、今まで暑い土地も厭《いと》わずにいろいろなところに行った。

私が五十歳を過ぎてアフリカに行きだした頃、人は私が「よくあんな暑さを我慢しに行くわね」と言ったが、その土地で誰かが住んでいるということは、人間の生息が可能だということを示している。

ことにアフリカには、日本人のあまり気がつかない生活の智恵があった。土地の高度によって気温は信じられないくらい、穏やかになるということである。「キリマンジャロの雪」は有名だが、私はまだ見た事がない。しかし植民地時代のフランス人、イギリス人などは、アフリカの気候を賢く見分けて、必ずちょっとした高地に首都や別荘地を作った。

私が最近でもよく行くマダガスカルのアンツィラベなどという町は、標高千五百メートル前後で、おおげさに褒めると、軽井沢のような土地である。しかも温泉も出る。だからフランス領時代は、黄色と紫色などの色鮮かなタイルを敷きつめたしゃれた入浴施設などもあり、その一部はまだ壊されたままだが機能している。気候も、一年を通して体験したわけではないが、それほど厳しいとは思えなかった。アフリカは、高度で気温を考えるべき土地であった。

私が体に堪《こた》えるほどの暑さを体験したのは、サウジ・アラビアのペルシャ湾岸で、気温はせいぜいで四十一度かそこらだろうが、湿度は八十パーセントを越えていた。こうなると、発汗による体温の調節ができないのでかなりきつい。「暑さしのぎに、ずっと海水浴でもしていらっしゃる他はありませんね」とその土地に駐在している日本の商社マンの夫人に言うと、「海（水）は熱くて、入っていられないんです」と言われてしまった。

私は外国でも、あまり病気をしたことがなかったのだが、クウェートで初めて不整脈を体験した。この富裕な産油国の贅沢なホテルの中は、客へのサービスは室内の気温が低いことだと思っているらしく、二十二、三度くらいに設定されている。それなのに、外気温は三十五度以上だから、ホテルへ出入りする度に、この過激な温度差に一日に何遍もさらされることになる。私は自律神経の失調症になったらしく、脈が結滞し始め、そのためだろう、息苦しくなった。健康の基本は外気温と同じ状態で、二十四時間過ごすことだ、という原則はその時知った。私は仕方なく旅程を縮め、飛行機の三人分の席に横になってようやく日本に辿りついた。

気温は自然のままの中で生きるのがいいのだが、一つ私たちには難問が残る。日本人の習慣になっている「思考する」という性癖は、気温に左右される。三十度を越すと、私たちは動物的に生きること（食事、歩行、簡単な肉体的作業、性行為）だけはできるが、思考する生活（読書、複雑な計画を立てること、深い感情の推移を見守ること）の機能は著しく減ってしまう。

暑い方は大体体験したので、次に私が興味を持ったのは、寒さに対してであった。東京生まれだから、それほど寒い冬を体験したことがない。しかし私の家は古い木造家屋で、床暖房もないし、すきま風も入って、毎年寒くていやになっているのだが、最近では、安くて有効な防寒着も増えた。こんな恵まれた環境で、零下の気温に耐えて暮らすというのは、どういうことなのか、私は長年興味を持っていたのである。

そのうちにチャンスが来た。

小説の取材のために、オーロラを見に行ったのである。一九九二年であった。まずアラスカのアンカレージまで飛ばねばならない。昔のヨーロッパ行きの飛行機は、すべて一度アンカレージに降りて給油したが、当時既に北米線もヨーロッパ線も、アラスカに止まる必要はなかったから、私は関西からやっと一便だけ出ていたアンカレージ行きの飛行機に乗らねばならなかった。

大阪行きの国内線の中で、会えばお互いに悪口を言い合う仲の同い年の知人に会った。

「今日はどこへ行くのよ」

と彼は聞いてくれた。

「アラスカ」

「ちょっと、あんた、アタマだいじょうぶ？　アラスカに行くんなら、東行きの飛行機に乗らなきゃいけないんじゃないか？」

雪で真っ白なアンカレージで国内線に乗り換えて、オーロラの名所であるフェアバンクスに行った。その途中、マッキンリーの巨大な氷河の傍を通った。植村直己さんの遺体は、まだこの純白の世界のどこかに眠っている。そして氷河はこれ以上輝いている建造物はないほどの壮麗さで、氏のための自然の「霊廟《モーソリエム》」を創っていた。もしかすると何百年も何千年も帰ることなく、植村さんの遺体は、生前の姿のまま、この氷河のどこかに眠るのだろう。私は死後の光栄というものを、墓や記念碑を含めて一切欲しない性格だったが、マッキンリーの壮大な氷河の輝きを見た時だけ、ふと植村さんという冒険家を羨《うらや》ましいと思った。

フェアバンクスからはさらに車で東に入るのである。このルートは、オーロラ見物をする旅行者のために業者が作っているコースで、或る程度整備された宿泊設備もできている。

その年はオーロラの当たり年であった。占いでそう出ているのではない。学者たちの世界で、物理的なデータが出ているのである。オーロラはローマの暁《あかつき》の女神だが、ギリシャ神話ではエーオースと呼ばれる。しかし英語ではオーロラは通称ではない。「ザ・ノーザンライツ（北極光）」と言うのである。

一般的に北緯六十五度近辺、それより北に大都市がない土地でよく見える。大都市があると、その明かりで北極光はかき消されるのである。

私が基地にしたのは、昔アラスカの砂金採りたちがいた所で、当時そこで働いていた人たち用の古い食堂を少し改築して、今でも使っていた。その食堂を中心に、客用の個別のヒュッテが、何十戸かできている。よほど激しい吹雪ででもなければ、食堂までの道は整備されているから難なく辿りつける。

食堂の他に、オーロラ観測用の近代的な建物ができていた。天文台のような造りである。大きなガラスに面したロビーは、椅子に辿りつける程度の暗さに保たれており、中央部に明かりの洩れないようなキチネットがついていて、客たちはいつでも勝手に熱いコーヒーを飲むことができた。オーロラは、夜十時過ぎから明け方までに見られるので、夜通しここで頑張る人もいる。私は十時頃から夜半、せいぜいで午前一時頃まで粘ると、すぐ自分の小屋に帰って寝てしまった。

私はオーロラというのは、砂嵐のように遠くからやって来るもので、日本人のガイドさんが「出ましたよ」と警告してくれてからおもむろに防寒着を着て出ていけば、間に合うものだと思っていた。しかしオーロラの出現は、突発的であった。突然現れて、瞬時に姿と光の色を変え、あっという間に消える。その時の電流は一千万アンペアに該当するというが、オーロラはぱちぱちとも言わず、燃え上がりもせず、ただ突然近くの森にその衣の裾を投げかけるように近づく。森が燃える、と私は思ったのだが、その裾でさえ高度は地上百キロはあるのだった。

実は、オーロラと同時に私の興味は、アラスカの寒さにあった。かなり厳しい寒さの土地だから、暮らしにくさも一入《ひとしお》だったのだろう、ロシアは一八六七年にアラスカを当時のお金で七百二十万ドルで合衆国に売ってしまった。現在の貨幣価値だと、約一億二千三百万ドルになるらしい。その後で、金《きん》が出たのだ。金儲けには、運がつきまとう。

私は寒がりだから、自分なりに防寒の準備をしていた。極地圏の寒さも防ぎます、という触れ込みの特殊なシャツや靴下。ミンクのオーバーと帽子は日本ではめったに着なかったのに、アラスカ行きには役に立つ。ホテルには、一応アメリカの標準的な室温を保つ設備があるとは聞いていたが、私は疑い深いたちだったので、寝袋も持って行った。毎晩それをベッドの上に広げ、中に携帯カイロを一個放り込んでからもぐり込むと、全くと言っていいほど寒さ知らずだった。暖房があっても、壁は芯の方が冷えたままという感じだったからである。

部屋には薪《たきぎ》を燃す暖炉もついていて、部屋に帰るとボーイがすぐに火を燃しに来てくれた。薪は惜し気もなくどんどん運んでくれる。しかしそれらはどれも生木のように見えたので、私は「乾いた木はないの?」と注文をつけた。すると彼は、「ここの木は、生木でも燃えるんです」と言う。「どうして? 何か特別な木なの?」と聞いたのは、私は樹木の名前を知りたかったからだ。しかし返事は意外だった。

「ここの木には、水分があまりないんです。あったら木自身が凍ってしまいますから、アラスカの冬の森の木は、ほとんど水分を含んでいません」

と言う。

砂金採りの男たちの溜まり場だった食堂は、昔使っていた工具なども飾りとしてそのまま残してあって、なかなかいい感じだった。

「《サワードウ》もあります」という貼紙もあって、私はその名前を英文学の中では読んだこともあるような気がするのだが、実物は見たこともなかった。ぜひそのパンだかパン種だかを食べてみたいと思っていたのだが、ついにその機会は逃してしまった。文字通りだと、酸《す》っぱい団子のようなものに聞こえ、あまり食欲をそそられなかったからである。これにも隠語の部分があり、サワードウは、昔この辺りで金を探して歩いていた渡り者のことでもあるらしかった。

私はそこにいた女主人とはすぐ仲良くなった。彼女に聞けば、大抵のことを教えてくれたのである。

もう一人口をきいたのは、食堂の外で観光客目当てに短時間の犬橇《いぬぞり》試乗をさせていた男だった。橇を引く犬はアラスカン・ハスキーという種で、気性が激しいのか、小さな犬小屋は確実に十メートル以上ずつ離して雪の上に置かれていた。犬橇屋（マッシャーと英語では言うのである）は、私が「寒いわね。やはりここでは毛皮が要るわね」などというと機嫌よく話に乗る人だった。

「今は毛皮でなくても、いい人工の毛皮があるからね。あれで充分だよ」

と彼は言った。当時の日本では、動物愛護の観念が流行していて、毛皮など着るのは悪人だというような空気さえあった。

食堂に帰ってから、私が女主人にその話をすると、

「そんなことはないわよ。あの人、最近、人工の毛皮を売る女の人とできたから、そんなことを言ってるけど、アラスカの寒さを防ぐには、やっぱり毛皮よ」

彼女はそう言ってから、

「ことにフードの顔の廻りにつける毛皮は、雄の狼でなきゃだめよ」

と付け加えた。

「どうしてなの？」

と私が聞くと、

「他のキツネやリスなんかの毛皮だと、吐く息が凍りついて、こちこちになっちゃうの。雄の狼の毛皮なら、それに耐えるのよ」

と教えてくれた。

化繊《かせん》か本物の毛皮がいいかの比較は別にして、私はそこでアイディタロッドと呼ばれる世界でもっとも苛酷な犬橇レースのことも教えられた。犬橇の試乗をさせて、けちな稼ぎをしている男も、本当はこのレースに出たかったのだという。レースは、アンカレージか

らノームまで、約一千六百キロあまりを、最も速いマッシャーは約十日間で走る。橇につなぐ犬は飼い主が調教したアラスカン・ハスキーで、最低で七頭、最高で二十頭を越えてはならなかった。犬は性格の違いを考慮して並ばせる。途中で使えなくなった犬は、橇から放せるが、代替えの犬を補充してはいけない。そしてゴールに入る時、最低五匹の犬は残されていなければならないというような規則がある。

犬は一匹当たり、日に一万キロカロリーのペミカン（携帯保存食）を食べる。その犬の餌も橇は乗せて走るのだ。マッシャーは気力、体力、策略のすべてがなければならない。それがいかに大変なことか、私は予測できる。だから多くのアラスカの男たちはそのレースにだけは出てみたいのだ。そして現実の自分は、運動神経もなく、スタートの時には橇を押しながら加速をつけた橇に飛び乗って走り出すことさえできそうにないことを忘れて、私もアイディタロッドには出てみたい、と思ったのである。

アラスカ滞在最後の日に、私は小さな飛行機の便を捕まえて、北米大陸最北端の町バローまで行った。数時間町をドライヴして、またフェアバンクスまで戻ったのである。荒涼とした景色はどこも同じだったが、スーパーマーケットの駐車場には、一台一台を電気に繋いでから車を離れる装置があった。それをしないとスターターが凍結して、買い物を済ませた客が車を出せない。高圧電線の基盤の地面にも一本一本ヒーターがついているのも同じ理由だった。そうしないと、凍結で、地面が氷で持ち上がってしまうのだという。

私がオーロラの土地で体験した最低温度は、零下二十度だった。私は金属製のイヤリングをしたまま戸外にも出てみたし、素手《すで》で金もののドアノブにも触ってみた。しかし耳たぶが凍傷にもならず、素手が瞬時に凍結して、ノブに貼りつく感覚もなかった。零下二十度という気温は、装備さえあれば、耐えられるものであった。

たった一つ、私の予測を欺《あざむ》いたものがある。私は当時、オートの一眼レフのカメラを使っていた。戸外で撮影しようとした時、私はカメラをオーバーの懐に抱いて出た。そして資料用に欲しいアングルが決まった時、素早く取り出してシャッターを押したが、その四、五秒の間に、どこにあるどんな物質が凍りつくのか、オートの機能は完全に失われた。もっともカメラの機種によっては、その程度の低温に耐えるものもあるという。私のもっていた安直な機種ではだめだったのだろう。

日本に帰って来た時の私の印象は実にくだらないものであった。私はすぐさま重ね着の服を粗方《あらかた》脱ぎ、何よりも体が軽いと感じた。まるで自分が瘦せたような感じだった。

極寒の地では、自分が重い。それは自分の精神にどういう内的な影響を与えたのか、私はまだ見極めていない。

国境の街のかすかな光

トランプ大統領が「メキシコ移民を追い出す。メキシコとの国境に壁を作る」というような発言をしたというので、一部の人道主義者から悪漢扱いされた。トランプは「不法移民」を追い出す、と言ったのだろうが、その点はあまり正確に伝わっていない。メキシコ人なら、誰でも追い払う、という印象になっている。

「不法移民」、つまり昔風に言うと密航者は、見つけたら（もちろん穏やかに）退去させるのが法治国家の基本なのだろう、と私は思う。難民を救うことは、次の段階、別の問題である。しかし日米のマスコミは、壁を作ると言っただけでいきりたった。

確かに壁や柵で、ことが解決したことはない。と言いそうになるが、それも、現実を見ていない。個人の住まい、工場、牧場などの敷地で、何度もドロボウが入るような地形の所には、柵を作るのが有効という場合もあるだろう。しかし一九六一年に築かれたいわゆる「ベルリンの壁」のような悲惨な記憶は、二度と再び現実のものとなって欲しくない。

壁を乗り越えることで自由と人間性を求め、東から西へ逃げようとして、射殺された人は百九十一人に及んだのである。

一九八九年十一月九日、ベルリンの壁が壊されたというニュースを聞いた時、私は泣いた。戦後私が、社会的なニュースに感動して泣いたのは、その時だけだった。壁は基本的にいけない。愛するものを肌で愛撫《あいぶ》できないからである。

アメリカとメキシコとの間を遮る現在の壁の姿は、一回だけテレビで見た。万里の長城のようなコンクリート製のものかと思っていたら、昔の西部劇で、開拓者の家を、インディアンや野獣の襲撃から守る時にしつらえられていたものと形は似ていた。国境の柵は、西部劇の柵を「高くしたもの」というふうに見える。

今回の大統領の発言の背後事情と関係あるのか、既設の倍近い高さにした部分と大きく開けたままの部分とがあった。いずれにせよ柵の北のアメリカ領も、南のメキシコ領も、所々に灌木《かんぼく》が生えているだけのすさまじい荒地だ。

二〇〇八年に、私はメキシコの国境の町、ティファナに入った。そこに住むメキシコ人のカトリックの神父が、ティファナに溢れている麻薬中毒患者たちのうち、回復期にいる人たちが、気楽に体を休め、仏教の座禅に似ているが、カトリックでは「黙想」と呼ばれる瞑想の催しに参加して、心身の回復を図れるような施設を作って欲しいと、当時私が働いていたNGOに要請して来たのである。

その神父は、日本にも長く住んで、日本の地方で土地の人々のために働いてくれた人であった。私たちは協議の上、三年がかりで千二百万円ほどを出し、療養所の建物が首尾よく完成したというので、私は確認に行くことにしたのである。

当時のティファナの人口は、神父によれば、二百七、八十万人。四十年前は、八万人ほどの寒村だった、と神父は言う。信じられないほどの変化だ。

私はアメリカのロスから知人に車で連れて行ってもらったのだが、三時間半ほどのドライヴで国境の町・ティファナに着いた。しかし後で聞くと、アエロ・メヒコ（メキシコ航空）はすでに、成田―ティファナ―メキシコ市という路線を作っていた。成田の次にティファナに止まって、それで終着メキシコ市まで行く。それはすでにたくさんの日本企業がティファナに進出していることの証《あかし》だった。ティファナなら、労働力がまだアメリカよりはるかに安いのである。

ハイウェイにできたサンディエゴ市とティファナとの国境はひろびろとした通行料金の支払い所のような感じで、何の問題もなかった。歩いて国境を越えている人もたくさんいる。しかしこの光景は、決して眼に見えるほど、単純なものではないことは、後でわかった。

ティファナの人口がそれほどに急激に増えたのは、日本企業の進出による、正規の労働力が必要になったからではない。この時期の事情しか説明されていないので、現在の状況は私にも分からないのだが、人が溢れているのは、失業者と麻薬中毒患者が、アメリカ側の厳しい規制によって国境を越えられないからなのだ。

当時、この町に一時留まっている多くのメキシコ人たちの唯一の希望は、国境を越えて、アメリカで職を見つけることだったのである。しかし、二〇〇一年九月十一日の同時多発テロ以来、アメリカの移民の受け入れ態勢は厳しくなっていた。身分や就業先のはっきりしないメキシコ人に対しては、入国を認めない。それで国境のティファナには、仕事のない男たちが溢れていたというのである。

私の今までの体験でも、どこの国でもあてのない労働者の移動は同じような結果を生む。国が貧しいと、男たちは国元に家族を残し、妻子のために出稼ぎをしようと思って家を出るのだが、地方の小都市まで来ても事は解決しない。今回もティファナまで来てもアメリカには入れず、その土地で仕事もないままに、まず酒に溺れ、賭け事に手を出したり、行きずりの女と深い仲になったりする。そのうちに、自分自身が麻薬の味や売買のうまみを覚える。

アメリカが労働移民を受け入れないので、結果として売れない麻薬と麻薬中毒患者が国境に停滞してあふれ返ることになる、というのである。だからと言って、どんな移民でもすぐさま受け入れよ、というのも、無謀な話だが、現実には、こういう典型的な力学が働いていたのである。

今でも記憶から消えないのは、その時、聞いた一人の小学生の話だ。

その子は、少し経済的に余裕のある家の子供だったので、毎日国境を越えてアメリカ領の学校に通っていた。この子は実は運び屋の役をしていたのである。母親が、日本で言うとランドセルに当たる通学用のカバンに細工をして、時々一キロずつの麻薬を忍ばせる。子供は何も知らずに学校に着き、教室にカバンを置く。すると学校の中に、受け取り役の男がいて、黙ってその子供のカバンから薬を引き出す。

一キロ運ぶと、子供の母親は四百ドルを受け取る。その金を母親は、息子の進学費用に充てるというのでもなかった。母親はそれで男遊びをしていたのである。

しかしティファナに釘付けになっているほかの男たちは、もっと儚《はかな》い希望を繋《つな》ぎ続けるほかはない。多くの人は、いつかは正規のチャンスを捉えてアメリカに入り、まともに働いて家族を呼び寄せ、アメリカ人並みの中産階級暮らしをしたいと夢見ている。しかし現実は、アメリカに大手を振って入る機会はほとんどなさそうだった。しかし明日にも、何かのはずみでそういう幸運が巡って来るかもしれないと思うと、彼らはティファナを立ち去る気にもならない。それでティファナは、人で溢れ返るのだ。

停滞するのは、職のない人間だけではない。本来、人と共に、流出だか販売だかされるはずの麻薬も、ティファナに滞留する。だからここは、麻薬中毒患者と売人の町になったというのである。

もはや記憶が薄らいできたが、その時、メキシコ人神父は、麻薬中毒患者を出した家庭にも、収容施設にも連れて行ってくれた。麻薬常用者たちは、誰もがほとんど同じような経過を辿るのだという。どこの家にも苦労はあるから、常用者のスタートも似たようなものだ。

初めはちょっと憂さを忘れたいだけで、軽い麻薬に手を出す。酒を飲むのと同じ、と考えるのだろう。次の段階で、クリスタル、コカ、マリファナなどの本格的な麻薬の常用者になる。するともっと金が要る。クリスタルは小さなかけらだけで、五百円近くはする。

初めは家族の財布から、少し盗んで薬を買う。それで足りないようになると、親戚の伯母さんに嘘をついて借金したり、知人の家を訪問したついでにその辺のものを失敬してきて売り払う。それらの家では、初めものがなくなっても、友人や親戚筋にあたる親しい男が盗んでいるとは思わない。しかしどうも、あの人が来た日に、必ずものがなくなっているということが自覚されるようになると、あらゆる人から用心されるようになる。

教会もその手のドロボウの目標にされる。祭壇の上にある銀製の祭器や聖人の彫像などは、盗んで売ればいささかの金になるからだ。「神は寛大だ」とドロボウは言っているかもしれない。

麻薬中毒患者には、似たような症状が出るのだという。気性が荒々しくなって、いつもいらいらして落ちつかない。時々散歩して来ると言ってふらりと家を出るが、それは近所のタバコ屋などで、薬を買うためである。

「そんなところで簡単に買えるのですか」

と私が驚いて言うと、こうした店は警察に賄賂《わいろ》を払って見逃してもらっているので、継続してその手の商売ができるのだという。もっとも当時から、状況は、改善されつつある、という話も付け加えられていたから、現在はかなり違っているかもしれないが、完全に麻薬産業がなくなっているわけではないだろう。

麻薬の常用者のことを英語でも「アディクト」というが、それはラテン語の「アディチェーレ（与える、委ねる）」という動詞の過去分詞だという。何を委ねるかというと、魂を自分以外のものに委ねるのである。人の魂の主は、あくまで自分でなければならないのだろうが、それを、酒、麻薬、悪習などに委ねることを指すのであろう。理解できなくもない心理だ。

私がティファナで、感動したのは、回復期にある患者たちの収容施設《リハビリセンター》だった。施設全体は、病院風の住居ではなく、アラブ社会でよく見られる迷路状のカスバのような不思議な町になっているのである。

そこで麻薬中毒患者たちは、自分が自由に外の世界で生きていた時と同じような町を作った。リハビリセンター自体は古いマーケットのような外郭を持っているのだが、その中の町並には、幅二メートルほどの狭い通路が延びていて、両側に小さな店がひしめいている。

クリーニング屋、美容院、鍛冶屋、八百屋、腐る寸前の果物を売る果物屋、安物の家具屋、土産物屋などである。なぜ土産物屋があるかというと、患者の家族が、ここに収容されている患者を見舞いに来ると、せっかく国境のティファナまで来たのだから、土産を買って帰りたいということになるのだろう。それに目をつけた患者たちが、手仕事で、小さなものを作る。なぜか机や棚の上に置く飾りものが多い。

石膏《せっこう》で作った像に彩色をしたような置物である。聖母マリア、鷲、キティちゃん、などがあったと記憶するが、その中に死を連想するものが多いのも不思議だった。ヘルメットをかぶった髑髏《どくろ》、骨の山、顔の部分が骨になった聖母マリア、などだから、これを買って帰ったり、土産にもらったりして飾る人がいるのだろうか、と日本人の私は不思議に思う。案内者の解説によれば、多くの麻薬中毒患者には「サンタ・ムエルテ」（聖なる死）という観念があり、死によって初めて自分は完全に治癒するという希望が抜きがたいのだという。心が弱いことを自覚しているのだろうが、謙虚さが、自信のなさを支えているという不思議な心理でもある。

私たちはまだ、現世がいくらかでも改変できるかもしれない、という希望をもっている。しかしメキシコの多くの中毒患者には、現世がそう簡単にはよくならない、という意識が染みついているのだろうか。それはその人個人の事情か体験がそう言わせるのか。それとも別のもっと国家的、社会的状況がそう思わせるのか。いずれにしても、簡単に善悪では決められない魂の帰結のようなものを感じさせて、私は言葉を失った記憶がある。

それより以前、私が初めてアメリカ国境からメキシコに入ったのは、一九六〇年の夏だが、メキシコ領の荒野には、あちこちで野火《のび》が燃えていた。あまりにも気候が暑いので、荒野に生えている草むらが自然発火したのだという。気温も摂氏三十五度を超えていたろうと思われる。その上に野火の熱まで加わるのだから、その暑さは只事《ただごと》ではなかった。車のボンネットの上で目玉焼きが焼けるだろうか、と本気で話し合ったのは、その時である。

アメリカ人の目から見て、塀だか柵だかの向こうは、こういう世界なのだ。越えて来る人の切羽詰まった思いも分かる。入れてやればいいのに、と私も思う時があるが、勤労意欲に満ちたまじめな労働者だけが入ってくるのではない、と反射的に思う人もいるのだろう。

国境に近いアメリカ領に住む人たちは、常に、こうした柵越えをして来た人々の影響を受けて来たのだろう。移民のおかげで安い労働力を得た人もいるだろうし、貧しい不法移民によって、人的、経済的に損害をうけた人もいるのだろう。実情は、よそ者の私が簡単に善悪で決められるものではないだろう、ということは、よくわかる。

私は神父の紹介で、一人の案内人に会った。彼自身が、中毒から回復した人なのだと言う。

「よかったですね」と私が言うと、「いや、それはわかりません」と彼は慎重な答え方をした。中毒患者に、終着点はないのだ、という。

「今回は、今日までたまたま無事に来たというだけで、明日はわかりません」

と彼は自分のことを、そう結論づけた。

「誰もが、そういう危険と闘っているのです。ですから気が抜けません」

私は彼の姿勢の中にかしこい慎みを感じた。

例のカスバ風リハビリセンターの町から、回復力のいい男たちの中には、外界に出て行って、働くことを許されている人もいる。しかし女性には許可がでない。女性は簡単に売春をして、金を手に入れ、道をはずれるからだという。

メキシコ移民を追い出すか受け入れるかの問題は、私のような部外者には、あまりにも迷いが深くて、判断ができない。とにかくそのことに深く関わった人が判断を下すほかはない。

私は新聞を読むのが好きだが、この頃しばしば部外者の正義が果たして答えになっているのだろうか、と思うことが多くなった。小説家という立場は、大説を述べず、小説を書く。「しかし私としては……」と、時には、結論がでないことを、ぶつぶつ呟く立場も許される。しかしどんな暗い世界にも、死なずに生きていこうとしていた人はまちがいなくいた。暗い社会ほど、その弱々しい光は、貴重品だった。それが人間の自然とすれば、私はまだ決して失望しなくていいわけだ。

インドの子供たちの歌声

南インドでは、その時期（ということは七月のことだったが）、雨期だということを私は聞いていた。雨期は日本にもある。しかし私は何となく本能的に、日本の梅雨時と、東南アジアのモンスーンなるものは、違うのではないか、と感じていた。

しかし私は今まで、雨期と知りつつ、特定の外国の土地に入ったことがなかった。傘さえ持って行けばいいだろう、というものではなかった。それに私は、時間貧乏だった。私はその土地に遊びに行くのではない。短時日のうちに目的の場所に行かねばならないのに、やはり雨期は不便であった。

日本では雨が降っても、どこへだって行ける。電車もバスも止まることはめったにない。しかし外国ではそうではなかった。もともと橋のない川もある。雨期の終わりから乾期の間なら、自動車は干上がった川床を渡るから、それでことは済むのである。しかし雨期になると増水した川を渡る事ができないから、川向こうの土地に行けない場合もある。道が悪いので、バスや自動車が、泥濘《ぬかるみ》や、崖崩れのために動けなくなることも始終あるが、何より橋がなくて干上がった川床を渡るのだから増水すれば、車はすぐ交通不可能になるのである。

その年、私はインドである調査をするのに、適切な季節を選べなかった。理由は忘れたが、私の方に延期できない個人的な約束事があったのである。だから、私は持ち前のだらしのない気分に賭けることにした。運がよければ、通れるだろう。運が悪ければ、川で引き返して、そして自分の不運について書くことにしよう。そういう時は、自分には百パーセント落ち度がないことにして、ただひたすら、天候が不順だったということにする。

それでもこっけいだったのは、私が初めて体験するモンスーンの季節に、どう対処すべきかをしきりに考えていた事であった。傘を持てばいいのか、長靴も要るのか。それとも風が強くて、傘など役に立たない状態なのか。私がいつも途上国にはいて行く靴は合成皮革でできたもので、泥で汚れたらバケツで洗えばいいという代物で長靴など必要ないとも思うのに、私は迷っていた。

私はかなり決断の悪い性格だった。出発の前、二、三日の間に、私は二、三度カバンの中身を詰め替えた。つまり長靴を入れてみたり出してみたりしたのである。その結果、私は傘を止めて、かなりの降りにも耐えられるようなポンチョを入れることにした。傘を持つと、ハンドバッグを管理する手がおろそかになる。その点ポンチョの方が、掏摸《すり》よけとしてもいい装備であった。

恥ずかしいことに私は、出発の前日になっても、荷物の中身を決められなかった。傘と長靴を出したり入れたりした。どうせ私の服装は、ジーパンにポリエステルのシャツである。それに渡航先は暑い国である。濡れて風邪をひくことを恐れねばならない土地ではない。

私が目的地としていたのはコルコタで、昔はカルカッタと呼ばれていた土地である。一言で片づけてはいけないのだが、安い労賃で働くヒンドゥの下層階級の人たちが、たくさんいるところである。それだからこそ、当時私たちが働いていたＮＧＯは、現地で活動をしているカトリックのシスターたちからの要請を受けて、その手の貧困家庭の子供たちのための保育所に資金を送っていた。親が働きに出る間、子供を預かってくれる施設などないし、またあったとしても安い時給で働く母たちは、子供の昼ご飯の実費さえ払えない。だからこそ、そこにカトリックのシスターたちの存在が大切になって来るのである。

私は何年かに一度、そうしたお金を出していた先を、見て歩くことにしていた。途上国では、お金の流れがあれば、どこの破れ目からでも漏れる。日本では、自国の恵まれない子供たちのためにお金を出してくれる外国の組織から人が来れば、自分と直接関係のない人にでも、「ありがとうございます」と言うだろう。しかし途上国ではまずそういう挨拶を受けた事はない。自分が直接、金銭か物質で恩恵を受けていないことに、お礼を言う筋合いはないと思うのだろう。

だからそうした気の毒な子供たちのためのお金でも、それに関わっている人は、折りあらば、少し上前を撥《は》ねようとする。

私はそれを抑えるために、時々、「査察」に入ることにしていた。自分の性格の卑小さが嫌になる思いもあったが、私たちの手に委《ゆだ》ねられたお金は、見知らぬ人からも送られた「浄財」なのだから、私は許せないような気もしたのだ。

例えば小さな村の小学校を建てるということになる。レンガを積んだ、一間切りの学校だ。電気の設備もない。トイレもない。作らないと言ったのではないが、もともとその付近の人たちは、自分の家にもトイレというものを持たず、皆近くの自然の中で用を済ませているのだから、学校にトイレを作っても、生徒たちは誰も使わない。

私たちは、学校へ行く、という習慣が定着したら、次にトイレを作り、水道を引き、トイレに行ったら後で手を洗う習慣をつけてほしいと思っていたのだが、とにかくまず、野原でしゃがむ習慣だけ是正することが先であった。トイレを使わないという生活が小学生の勉学を妨げていた。ほとんどの子供たちが、六年生まで学問を続けない。一つには親たちが、学校へなど出すよりは、うちにおいて、山羊や羊の世話をしろ、という態度だから、周囲に勉学を勧める機運がないのである。私たちのNGOは、そういう土地で、親が子供を学校に出したら、一日五十セント（約五十円）報奨金を出そうかという話まで出た事があるのだが、そうなると、子供の時間を親が売るような気分を作ることにもなる。あくまで親が、子供の勉強は大事なことだと自覚することが必要だというので、この企画を止めにした。

工場労働者の母たちにしても、子供を保育所に出すことが、教育上いいと理解しているかどうかはわからなかった。しかし母親たちには、もっと確実な目的があった。保育所に送れば、子供たちが給食を受けられる、という確実な利得があるのである。当時のインドだけではない。途上国にはどこでも、子供にまともに食べさせていない家がたくさんある。貧しくて食物を買えないのだ。だから学校が、先進国のミッションのような団体のお金で給食をしてくれれば、一家は大助かりというものなのである。

翌日は果たして、かなりの降りになった。私はホテルから、知り合いのインド人神父の車に乗せてもらって、コルコタの郊外のスラムの一つに行った。もっとも私は町の名前も知らなければ、どんな道を走ったかの記憶もない。スラムに着いたということは、若い修道士の運転する車が、まがりくねった泥道で、速度を落したことでわかった。泥道だけでなく、そこには不思議な音もみなぎっていた。

横丁の子供の声だけではない。泥だらけの細い路地は、奇妙な動物の声が溢れていたのである。ブタの啼き声であった。泥道をものともしないブタたちが、辺りを駆け回って自分の顔の上にまで泥を撥ねあげていた。

そこの住人たちが、社会的に抑圧された階級の人たちだということは、恐らく放し飼いであろうブタの存在でもわかった。ブタは、インドでは宗教的な区分からみても特殊な人たちが飼っていると言われていた。イスラム教徒は、絶対にブタに触れない。ヒンドゥ教徒もブタを嫌う。しかしインドに住む人たちの中には、我々日本人と同じようにブタ肉を好む人もいるから、ブタ肉の需要はれっきとしてあるのである。

すると誰がブタを飼うのか。一応クリスチャンが飼うということになっている。ただしそこにも抜け道がある。禁忌の問題など言っていられない底辺の人たちが飼うという人もいる。

その町はだから、基本的にそういう貧しい人たちが住む町なのだろう、と私は思った。同じブタでも、日本の養豚業は清潔極まりない豚舎で飼っているという。しかしこの国ではそんな贅沢は言っていられなかった。ブタは昔ながらの柵囲いや路地で、人々が投げ捨てたものや、時には人の排泄物なども食べている、という人もいた。

私の知人のカトリックのシスターたちは、多くの場合、そういうブタの町の一隅に住んでいた。もちろんカトリックの信仰ではブタを飼うことを嫌う教義はないが、もっとも貧しい人たちと共に生きることを信条としているシスターたちは、結果的には泥塗《どろまみ》れのブタたちが駆け回る路地奥に、小さな二階家などを借りて住むことになる。

私はその手の道を二百メートルほど歩き、そのあたりとしては、むしろ金持ちの住む住宅を思わせる一軒の家に案内された。わずかでも芝生をはった庭があり、一階のひろびろとした客間は石の床で、しかもその部屋には外界とを隔てる戸がなかった。それほど軒の深い回廊がついている上に、このあたりでは冬でも寒いということがないのだろう、と思う他はなかった。

そこがシスターたちがやっている保育所であった。電気もついていない薄暗い部屋の中に、三、四十人の子供たちが、床の上に直に座って遊んでいた。いや、私の意識が、見える光景を一部訂正してそう認識しただけで、子供たちは動物のように薄暗がりの中に集められていただけだ、と言った方が正しかったかもしれない。後からよく見ても、その保育所には、幼い子供たちが座るような低い椅子さえ一脚もなかったのだから、子供たちは自然に冷たい石の床に座っていたのである。

どうしてその建物で保育所を開設するようになったのか、理由は聞きもらしたが、つまりそのような場所をその時、何らかの事情で借りられたのだろう。だから子供たちにとって、その建物が教育的かどうかを考えている余裕もなかったのだろう。日本なら、保育所の床にはコルクなどの柔らかい床材が好まれる。子供たちが転んでも怪我をしないからだ。しかしここではそんな贅沢を言っている暇はなかったのだろう。

私がそこに着いた時、時間はすでに午前十一時半を少し廻っていた。もう少し早く着けるつもりだったのに、車の通り道の一部が水に浸かっていて、迂回しなければならなかったからである。

「子供たちは間もなくお昼ご飯になります」と保母さんらしい人が言った。これから子供たちに手を洗わせる。トイレも水道もないような生活をしている家の子供たちばかりだから、手を洗うということの意味も本当はわからないだろうけれど、教育というものは、すべて長い時間がかかる。ほとんど一代かかって、体で覚えさせる他はない。その意味で、保母さんたちは、誠実に時間を紡《つむ》いでいるという感じだった。

薄暗い手洗い場は狭かったので、列を作った子供たち全員に手を洗わせるには、現実に三十分近くかかった。手を洗い終わると、保母さんたちは、子供たちをまた先刻座っていた石の床の上で円形に座らせた。そして暫くすると、子供たちは保母さんに率いられて、英語の歌を歌った。

「何の歌ですか？」

と私は訊ねた。

「『これからお昼を頂きます。イエスさま、ありがとうございます。おいしいご飯をありがとうございます』というような意味ですね」

と保母さんの一人が言った。日本と違って、保育所でご飯を食べられるということの意味は、この国でははるかに大きかった。子供たちの中には、これが一日の中で、たった一回のまともなご飯だという家もある。だから子供の全栄養を負っているのは、この給食であった。栄養がよくなれば、背丈も伸び、知能指数もあがる、と最近の親たちは知るようになっている。

私は、子供たちの給食時に来られて、幸運だった、と思い始めた。食事の時には、人間は地金《じがね》が出る。家庭の教育も、教育機関の配慮もよく見える。

雨はそのうちに、激しく降り始めた。

「子供たちの食事は、どこで作っているのですか？」

と私は尋ねた。裏に台所があるなら、準備を見に行こうと思ったのだった。

「業者が持って来るんです」

「ここで作らずに？」

「ええ、ここで作る設備がありませんでした。でもその設備をするとなると、たくさんお金がかかりました。その資金はなかったので、外から食べ物を買うことにしたんです」

私が子供たちの昼食代を出しているNGOの一員とは知らないらしい職員が言った。私は軽い怒りを覚えていたが、口に出しては言わなかった。お金がないなら、なおさら材料を自分たちで買って倹約し、子供たちには、質量共に勝る昼食を用意すべきなのに……貧しい人たちはしばしば怠け者であった。

「おいしいご飯をありがとうございます」と子供たちは歌い続けているのに、給食屋はなかなか来なかった。そして雨は次第に激しく降り始めた。

「ランチはいつ来るんですか？」

私は堪り兼ねて、保育所の人に尋ねた。

「いつもはもう来ている時刻なんですが、今日は雨がひどいので、車が遅れているのかもしれません」

「イエスさま、ありがとうございます」

と子供たちは歌い続けた。それでも配達人の姿は一向に現れなかった。そして雨足は次第に激しくなり、隣家の家の輪郭も雨に煙り、庭の芝生の上には水が溜まって池のようになった。

「おいしいご飯をありがとうございます」という子供たちの歌は無限に続いた。子供たちが疲れて止めそうになっても、保母の一人は厳しい声でそれを制止した。

「歌って！　もっと歌って！」

子供たちは、仕方なく歌い続けた。

「これからお昼を頂きます」と歌う子供たちの声は、配達人への催促にも聞こえた。

部屋の中はもう海の底のように暗く、叩きつけるような激しい雨音だけが、子供たちを包んでいた。子供たちは疲れていた。歌声が次第に細くとろくなる。するとヒステリックな保母の声が、辺りの灰色の空気をぴしゃりと叩くように聞こえた。

「続けて！　もっと大きな声で！」

子供たちは心底疲れたように歌い続けた。それでも歌声が途切れることはなかった。

私はこの国の忍耐強い子供たちの未来に、細々とではあっても、一筋の光明を見ていた。

地雷の村の〝平和〟

イラクのモスルの戦いなどを、テレビのニュースで見ていると、私は時々、人には聞かれたくないことを呟いている。

「貧しい人に限って、お互いに家を壊して、生活が成り立たないようにしてるんだ」

別に深い悪意があって言っているのではない。イラクの家はある意味でだったら、日本の貧しい家より、立派に見える。堅焼きだか、半焼きだかわからないが、一応レンガを積んだビルのような家なのだ。でもそれは集合住宅で、そこに人々は洗濯物を盛大に干して暮している。そういうつましい生活を破壊し合うのが中東の戦争なのだ。しかしこのみじめな諍《いさか》いは、外目にも、確かに戦いをし合っているという感じになる。

住んでいる家を壊される以前に、厳しい戦争は始まっている。

モスルの人々は、ずっと以前から電気の供給を受けていないだろう。さらに恐らく水道も停まっているだろう。水道そのものが切断されていなくても、電気が切られれば、ビルの住居の上の方の階は、とっくに台所も断水し、水洗トイレは機能を果たさなくなっている。第一、エレベーターが動かなくなれば、五階以上の階に住むことは、現実的に日々の生活の重荷になる。トイレ以前に、炊事用の水まで、バケツで持ち上がらねばならないからだ。

子供に入浴をさせることもできず、洗濯もままならない。そのような不自由は、母親たちにとってどんなに辛いことか。その上に父親が拉致されたり、食物の供給もままならず、子供に栄養失調の気配が濃厚になってきたりすれば、それは今日明日の命に関わらなくとも、一種の地獄のような暮らしだ。

私は第二次世界大戦の体験者だが、その後の地球は、世界的規模の大戦は体験していない。しかしベトナム戦争だの、イランイラクの戦争だの、湾岸戦争だの、そうした地域戦の不幸の体験は、後になってたくさん聞いた。

軽々しく、「戦争とは愚かなものです」などと、戦争を知っている世代は言ってはならないような気がしている。

私は記憶が悪いので、インドシナ半島に残された膨大な地雷の後片付けに働いていた日本人のことについて、どこで初めて聞き、結果的に日本の自衛隊におられた高山良二氏の活動を見せていただくようになったのか、今では細かく覚えていないのだが、とにかく二〇〇八年に、私は「日本地雷処理を支援する会（ＪＭＡＳ）」の仕事を見学にカンボジアに入ったのである。

カンボジアのどのあたりが現場かというと、タイとの国境にごく近いところであった。バンコックから約四百キロほど車で走り、バンレアムという町で国境を徒歩で越えた。そこでカンボジアの車両に乗り換えてから数十キロ走ったタサエン・コミューンという田舎の村である。

当時そこには二人の日本人が、地雷除去のために働いていた。「日本地雷処理を支援する会」から派遣されていた高山良二、高田善之のお二人で、共に、一九九二年、日本初の自衛隊のカンボジア派遣部隊として、タケオに入った人たちである。

安全に古い地雷を取り除くには、茶道のお手前のように、きちんと決まった手順があり、それを狂わせないように、村人に教えるのが二人の仕事であった。危険を感じるような生半可な技術で、除去を行ってはいけない、という事なのであろう。このあまり歓迎できない仕事ができたおかげで、有効な換金作物もないこの村の住人たちは、ドルの収入を得られる新しい道を見つけたのである。

しかしそれは、村人にとって、危険だからと言って避けて通ることのできない道であった。別の言い方をすれば、地雷が完全に除去されたという保証がなければ、村人たちは、自分たちの食べる野菜を、自分の畑に入って作ることもできないのである。

第二次世界大戦の終わりは一九四五年だから、私がカンボジアに行ったこの時、既に終戦から六十三年が過ぎていた。

地雷はまだどこにでも埋まっていた。平らな地面にでも、丘にでも、キャッサバやトウモロコシの畑の中にでも、凶暴な竹の根が絡まり合って地面を覆っている斜面でも、同じように丹念に埋められていた。

私はそれらを一つ一つ人手で除去するという発想に耐えられなくて、「何か他の方法はないのですか？　一挙に始末する方法がありそうなものですが……」と聞いてみた。確かに一時、山羊を放つ、ということが考えられたこともあるらしいが、それは完全に除去するという厳密さを叶えることにはならなかった。

「埋めたのは誰ですか」などという素人風の質問も、私は真っ先にしたのである。すると一九八一年にはプノンペン政府軍が、一九八三年にはポル・ポト政権に介入したベトナム軍が、一九八九年にはクメール・ルージュが、それぞれ同じ土地に地雷を埋めたのだという。

凶暴な竹の根を少し掘って、たった一個の地雷を埋めるのだって私は願い下げだ。こうした人々は、私には全くない、たくましい作業能力がある。しかしその破壊力が、敵対すべき明確な相手を確認することもなく、多くの場合、戦闘に無関係な村人や子供を殺すのだから、むちゃな話だ。

私はもちろん、「いったいカンボジアには、推定どれだけの地雷が埋まっていると思われているのですか」という質問もしたのだが、これなどわかるわけはない。素人に与えられる答えは、一国だけでも、数百万個という単位らしい、ということだ。二〇〇六年六月から約二年間に、カンボジアでは対人地雷七百十五個、対戦車地雷十五個、不発弾三百三十一個を処理したという。私は、埋めてから五十年近くも経っていれば、地雷の多くは錆び付いて、起爆しなくなっているのではないか、などと甘いことを期待していたのだが、そうはいかなかったのだ。仮にカンボジアで年間一万個処理するとしても、数百年かかる計算になる。

私は、清掃を終わった土地に立ち入る事を許され、除去の手順も教えられたが、私が現地に滞在している数日間に、爆発の衝撃音を聞いたのは一回だけであった。

私は素朴に、どの国が、こういう薄汚い安物の殺人兵器を作ったのか、腹立たしくなっていた。地雷の多くは、旧ソ連製か、中国製である。近年の戦いはゲリラ戦が多いから、その土地に新たに進出して来たり、その土地を奪回した勢力が、前の勢力が残して行った不発弾を、地雷として植え直して備えたという例もあるし、自分たちが使っていた用水池は、自分たちが撤退した後は敵の勢力が使うだろうから、その周囲に改めて地雷を植え直した、というケースもあるという。

近年の地雷は、さらに陰険になっていた。昔は、一挙に人を倒すのが目的だったが、今では、地雷は人間を即死させてはいけない。なぜなら、殺すと、遺体はそこに置いて、他の人たちは、戦闘を続けられるからだ。

だから戦力をそぐ目的なら、重篤な負傷をさせることがいい。下半身の一部を吹き飛ばすように計算ができている。するとそこにいた兵力は、負傷者を後方に輸送するということのために削減されるようになる。

日本が、その卑怯な安物の兵器の生産国でなくてよかった、という思いが、その場で私の心に最も強烈に残ったことであった。しかしいずれにせよ、どこかの国が、この安い兵器を量産して、どこかの国に売ったのだ。それで多くの農民や子供が命を失うか、生涯人手を借りなければ生活できないような障害者になるのだ。

だから地雷処理は、する度に、その兵器の生産国に対して、元の売値と、症状を回復するまでの処置の手数料を請求してもいいはずだ、と私は思ったものだ。

除去（英語でデマイン）の方法は、毎日一・五メートル幅の土地を手で掘って行く。作業班は、一組三十三人編成で、月百五ドルの労賃をもらう。今まで近くに工場もなく、特産品の授産場もない村は、ほとんど職場がなく、現金収入もなかったのだが、地雷除去産業というものが一時的に生じたのは、皮肉であった。

タサエンという村がどんなところか、少し記録しておく方が、読者も興味を持つかもしれない。日本人はここでは外国人だから、土地の人から借り上げる家は、村の豪邸である。と言っても、近隣にホテルがないので、私たちが泊めてもらうことになった高山家の二階のベランダは、簀の子張りのようなものだし、浴室は階下にしかない。

当時私は、足の骨折をした後でまだ杖をついていたので、階段とも言えない梯子を伝って下へ降りるのに、かなり緊張していた。

階下には、広々とした浴室に、タイル張りの小型プールがあった。つまりプールと言っても人が入るわけではなく、そこになみなみと真水が蓄えられている。普通の村人の生活では、それだけの真水を保有することだってなかなかできない。まさに富裕な人の暮らしの象徴だ。

その時、私は偶然、現・総理夫人の安倍昭恵さんといっしょだった。昭恵さんは、私の学校の後輩で、私がよく行っていた障害者のイスラエル旅行などにも、ボランティアとしてきてくださっていたし、こういう見知らぬ土地に興味を持つ珍しい女性だった。

当時ご主人（安倍晋三氏）のお立場上、私は、昭恵さんに護衛がつくようだったら、とても状況不安定な土地にごいっしょはできない、と言った。すると、そういう必要は一切ないので、という話だったので、私は高山氏に、昭恵さんの身分を現地では決して言わないように頼んでこの企画を進めた。昭恵さんのことは、私の後輩のジャーナリストということにした。完全な嘘ではなかったからである。

或る夜、私は昭恵さんとこの広大なプールを持つ浴室でいっしょになった。私たちは二人とも歯を磨きに来たのである。持参のコップをタイル張りの浴槽の縁におき、私たちは歯を磨き、コップにプールの水を汲んでうがいをした。そこで私はついでに、

「あなたはこういうことが平気なの？」

と聞いた。するとご主人なら、もう少し神経質で、うがい用の水としても瓶入りの飲み水を持ってくるかもしれないけれど、「私は平気です」という意味の返事をされたので、私は気楽になった。この手の保障できない水に関しては、使い方にいささかのこつがあるのである。

その外国の土地に初めて入った日には、口から入る水には、かなり神経質にならねばならない。わずかな量が経口的に入るだけでも、下痢をする人がいる。しかし数日経てばたいていの人が平気になる。数日の間に、異質な菌にも抵抗力がつく、というのが素人の感じだ。

昭恵さんと私は、少なくとも二十四時間以上前に、カンボジアの菌に馴れ始めているので、私は平気と思うことにしたのだ。

さて、高山さんは村の名士だから、日本から客が来たとなると、一夜高山家のベランダには村長さんのような村の要人が数人集まった。例によって昭恵さんは、若い魅力的なジャーナリストということになっていた。

その時かどうか知らないのだが、高山さんは、私が手荷物として持って行った生卵をかけた日本のご飯を客に振る舞った。私には今でも理由がわからないのだが、外国産の卵はなぜか危険だから生で食べてはいけない、ということが外国では常識になっている。

このお手軽な私の思いつきのおみやげを、高山さんは喜んでくださり、卵かけご飯を客人にも振る舞う寛大さを見せたのだろう。すると驚いたことに、カンボジア人も生卵かけご飯の味をすっかり気に入り、お代わりもして食べたのだという。それで高山さんの分の卵の数は、がっくり減ってしまった。

私はその日、高山家の台所で、お麩《ふ》の煮物に卵をかけたおかずも作ることにした。私は外国で料理をすることについては少し苦労人だから、長く煮込まなくてもいいような、つまりすぐ料理できる材料を持って行ったのである。

ところがこのお麩の卵かけなどという、ほとんど即席料理と言っていいものさえ、一向にできなかったのである。理由は簡単だ。お鍋のお湯が一向に沸かないのである。嘘のような話だが、世界中で、自分の家で日常使っている燃料で、お湯を沸騰《ふっとう》させることがむずかしい国というものは、かなり多い。

アルジェリアでライスカレーを作ろうとした時もそうだった。現地の肉を使ったりすれば、硬い肉を長い時間煮込まねばならず、それはもしかすると「ヤバイことですぞ」という人もいたので、私は日本からコンビーフの缶詰を持参していたのである。野菜は、ほんとうなら大きく切る所を、細切れにして入れた。とにかく煮えればすぐに食べられるようにしたのだ。しかしこのライスカレーでさえも、長い時間がかかった。お鍋のお湯が、どれだけかかっても沸騰しないのだ。

同じブタンガスだからと言っても、日本と同じ熱量を持つとは限らない。お麩ならすぐ煮える、と考えるのも甘いことがカンボジアでわかった。インスタントラーメンのお湯さえ手に入れるのは、途上国では大変な幸運か贅沢なのだ。一人分のお湯ならなんとかなるとしても、同行者十人分の沸騰したお湯を同時に調達できる場所など、なかなか見つからない。その意味で、日本のカップヌードルは、どのような僻地《へきち》でもすぐ食べられる食料と考えるのは基本的に間違いなのである。

僻地でご飯を食べ損ないたくない時には、まず自分で適当なサイズの鍋を持参し、自分でそこら辺から燃し木を切って来て、それでお湯を沸かすことだ。その時に必要なのが、石三個なのだ。

アフリカでは、旅人は誰もが石三個を持って歩く。牛車で長途を行く旅行者も、必ず車に石三個を積んでいる。土地によっては、石の見当たらない場所もあるからだ。しかし石が三個あれば、どこでも立ち止まった所で火を起こして、三個の石を配し、その上にお鍋を載せればいいのである。

この村は、どこから見ても外見は穏やかな平和なものである。村人は皆、高山さんを尊敬している。高山さんが、村民の生活を平和なものにしてくれていると理解しているし、週に何回かは、「高山先生」が無料の日本語教室も開いて教えてくれている。

戦うのは愚かだ。平和を築く方が利口で得だ、と誰もが実感することが、本当の平和構築なのだろう。

硫黄島の運命《さだめ》

硫黄島の戦闘があったのは、一九四五年である。

二〇一七年十一月八日、私は再び硫黄島を訪れた。一人ではその決心もつきかねたろう。しかし偶然、硫黄島の戦記を書こうとしている知人が島を訪れることになったので、私も同行させてもらえたのである。

前回行ったのは、もう四十年以上も前である。私はそのころ、何本かの戦争小説を書こうとしていた。

いや、こう言うのも不正確だ。結果的に言うと、私は人間が極限を生きる状況を描きたかったのだ。限界はあちこちにある。想像できるものもあったが、地下壕の暮らしについては、想像力の限度を感じていた。

私は一度戦争の現場を見たい、と思っていた。人が生き死にの思いをしている場を「見たい」というのは、ふざけた態度と言われても仕方がない。しかし私は作家であった。現世のあらゆる姿を知りたいと思っている職業であるが、また、人に伝える機能をもいささかは負っているのかもしれない。

前回硫黄島へ行くまでは、私は戦闘員が砲爆撃から生き残るために掘った穴というものを想像できなかった。戦争中、私の家にも空襲によって落とされる爆弾を避けるための防空壕があった。しかしそれは、人が立って歩ける地下の部屋で、湿気てもいたし、やっと人間が腰を下ろせる程度のものではあったが、とにかく平らな床があった。しかし本物の戦場では、人間は人間でい続けることは容易ではない。人間は地下に潜って爬虫《はちゆう》類のように生きるのである。

硫黄島における第二次世界大戦の最期の戦いは、一九四五年二月に始まった。日本軍、米軍、島民の犠牲者数は恐らく正確にはわからない。只、少なくとも二万柱を超える遺骨があったことは記録から推定できる。

現在の硫黄島へは、民間の輸送方法に頼ることができない。特殊な場合を除いて、船舶が島まで行くことはないからである。我々は厚木から自衛隊の軍用輸送機に乗せてもらうほかはない。プロペラ機で二時間強、片道千二百キロ余の距離である。

周囲二十キロの硫黄島には現在も、「近過去」にも民間人はいない。アメリカ人もいない。日本人で現在民間人としてとどまっているのは、島のあちこちで主に土木の工事をしている大手ゼネコンの技術者たちだけである。

硫黄島の最も高い土地の屋根のような部分に空港がある。滑走路と飛行場としての一群の建物があるが、これは飛行場の機能を保全するための一連の関連建造物で、他に町らしいものは全くないのである。公用以外に滞在している民間人がいないのだから、空港の外側に町の機能はいらないわけだ。銀行、郵便局、マーケットなどの姿もない。あるのは火山砕屑《さいせつ》土の上の低い植物と、一応舗装された周辺道路だけ。約十六キロのこの道は、民間団体主催のクォーターマラソン（と言っていいかどうかわからないが）にはいいだろうが、途中で応援する町の人一人いないわけだ。運転免許証は七十代に返納してしまって今や無免許になり、ハンドルを握ることもない私だが、この道路なら平気で運転できるだろう。なにしろ行き交いの車が一台もないのだから。

しかしこの硫黄島にはかつて、六つの村落があり、そのうちの一つには硫黄島神社と硫黄島尋常小学校があった。そして父島から派遣されていた警察官も、一人駐在していた。戦前のこの島の姿が、私には眼にみえるようである。村は穏やかで、何か決めることがあれば、村長、小学校長、駐在の三人が集まって協議する。島では、硫黄の採取、サトウキビ、コカ、レモングラスの栽培をしていた。戦前、医療用のコカインに使うコカの栽培が許されていたのは、当時日本領だった台湾とここだけだったという。

現在、この島にいるのは数百人の海上自衛隊員だけである。訓練の目的の外に、飛行場管理も主な仕事だろう。

本土との連絡に使われているのは、私たちも搭乗を許された双発プロペラの大型の輸送機で、中は軍用仕様。私たちのための椅子席は前方に僅か置かれたもので、他の便乗者は機体に沿った縦並びのシートに坐る。輸送機の内部は、車輌が三列か四列くらいは楽に縦並びに置かれるほどの巾で、そのための係留用の金具が床にも壁面にもずらりと並んでいる。

余計な話だが、この飛行機にはトイレがないのだそうで、私は東京に帰着してからその話を聞いたのだが、「緊急の場合には申し出るように」という貼り紙もあったという。硫黄島まで片道二時間半くらいだが、神経質な人は搭乗をためらうだろう。

私にとっての不自由は、機内の照明が暗いことで、弱い光源が高い位置に少しあるだけだから、日が暮れると本は読み辛い。それでも私は眼を酷使する状態で本を読み続けることにした。眼でも体でも精神でも、いつもいつも酷使すると病気になる。しかしたまには厳しい使い方をすることもいいのだ。そうすることによって機能は錆《さ》びつかないし、厳しい生活に耐えられる自分に自信もできる。

島には野獣もいないし、特別な爬虫類や虫もいないという。気が付かないうちに屋内で咬《か》まれると、声を上げたくなるような蟻《あり》はいるが、大した害はないし、サソリもいるにはいるが、咬まれるのを恐れることもない。

それより私は、数百人の人間が暮らしているのに、一日中どこにも猫も犬も見ないことに、少しばかり違和感を覚えていた。我が家にも犬はいないが、二匹の猫がいる。それらの、危機感の極めて薄い甘い育ちの猫たちがいることによって、我が家には社会や人生の、往々にして望ましからぬ雛形も濃厚に発生しているのだが、この島には男性以外家族がいない。従って女性も子供もいない、ペットもいないという硫黄島の生活は、この島の土壌にも似ている。つまり腐葉土風の、夾雑物《きょうざつぶつ》の多い、それによって栄養もたくさん含まれた土がなく、地下のマグマから上ってきたばかりの地球の素材が固まったままという地表が、全島を覆っているのである。もちろん緑の植生は島全体を包んでいる。島には大木はないが、人の身丈より高い灌木《かんぼく》の茂みは続いている。しかし鳥を見たのは一羽だけである。今はもう十一月なのだから、バッタやトンボのいる季節ではないが、私は硫黄島を随分と南の島だと思っていたので、海鳥にせよ、虫にせよ眼につくところにいそうに感じていたのである。

硫黄島の特徴を挙げると、夾雑物《きょうざつぶつ》のないことであった。対向車がいないばかりでなく、島中にゴミがない。ことにチューインガムの包とか、インスタントラーメンの外包のような、色つきのゴミがない。自衛隊がいるだけだから、ということもあるだろうが、これはここに一般人の生活がないからであろう。木はあるが花はない。東京の暮らしでは、この季節でも私が無理に南向きの軒先で、ゼラニュームの赤い花を咲かせている。しかし硫黄島には緑と岩と独特の土の色はあるが、それ以外の色はない。

いや、私は最もすばらしい色の存在を忘れるところだった。空の青さだった。このところ、数年、いや、数十年、つくづく空が青いと思ったことはなかったのだが、硫黄島の空を仰いで、私は「青い空！」と凡庸な感動を呟《つぶや》いたことを忘れてはいない。

ここには、自衛隊の生活があるだけだ。水はどうなっていますか、と私は質問した。水は雨水を溜めており、海水をイオン交換樹脂によって清水化することは滅多にないという。

実は私はこっそりハンドバッグに入れてきた携帯電話の、それもガラケーと呼ばれている旧式の機械で、全く用事もないのに東京の自宅を呼んでみたのだが、圏外表示が出るだけで全く繋がらない。同じ東京都なのに、サービスが悪いゾ、と思ったのは、昔、独立直後の東ティモール（インドネシアの東端の島）で、帰りの飛行機がなくて立ち往生した時、持って行った国際電話用のプッシュホンを、やや絶望的な気分ででたらめに押していたら、突然我が家に繋がった「奇蹟」を覚えていたからだ。

自分でもどうして繋がったのか分からなかった。私はこういう機械に弱いのだが、偶然押していた番号が、オーストラリア経由で日本を呼び出すのに成功したのであった。もっとも我が家の秘書は、東ティモールがどこにあるかよくわからないままだったが、私にとって携帯電話は今でも魔法の機械のままだ。

因みに硫黄島の公衆電話は、やはり三分間十円だそうで、私はそれを聞いた途端、「それは安い！」と思ったのだが、それは電話料と電車賃を混同している証拠である。

島中に一軒の民間企業もないので、私たちは、自衛隊の食堂で昼食をとることになった。定食は一種類で、揚げチクワなどのおかず、キノコ入りうどん、カン詰めのフルーツのデザートで、ワンコインに近い値段である。大手ゼネコンは別に宿舎を持っていて、そちらにも大食堂があるらしいが、メニューは大体こんなものでしょう、という。なぜなら、私たちが乗って来た飛行機で、そちらの食材も全て本土から運ばれるのだから、民間だけが贅沢《ぜいたく》して鯛のお刺身を食べているわけでもないらしい。

贅沢な人は、食堂のご飯は到底食べられない。自分の宿舎の電器コンロで別のメニューを作ろうとしても、材料がないのだから、それも無理だろう。週に二日ほど、数時間ずつ購買部の部屋が開いて、そこで少しは私的な嗜好《しこう》品は買えるようだが、そこで得るものは、あの輸送機で運ばれてくる食材だからたかが知れている。後は土曜日曜に自分で魚を釣って刺身を食べる他はない、と私は一瞬思ったのだが、果たして釣っておいしい魚はいないという。本当に気の毒なことだが、九州から南に行くともう魚の味は落ちてしまう。海が暖かくなると、魚は明らかにまずくなるのだ。

日本人の職場は、現在どんなに味気ない場所だろうが、一歩町へ出ると少しは自分の好みに合ったものを食べられる。しかし、この島ではそのような選択はできない。一時代前の日本人の暮らしは、こんなものだった。

硫黄島に修学旅行の設備を作って、小学生や中学生に、島の生活をさせるといい、と私は思った。島には、たった一カ所私が見ても泳ぐのにいい浜だなと思われる入り江があった。ところが、そこは鮫《さめ》が出て危険で泳げないという。

そして何よりも自然の植生《しょくせい》に入り口を覆われた昔の壕は、まだ若い青春の真っ只中の生を生きながら、戦争のためにこの島で死ななければならなかった同朋の死の場所である。国のために戦って死ぬということはどういうことなのか。平和を唱え続ければ、こうした戦いをしなくて済むのかどうか。教師は腹をくくって厳しい人生を教えなければならない立場に立つだろうが、やはり硫黄島はそれらの矛盾を強烈に突きつける土地なのである。

私は硫黄島の慰霊碑に参拝するときのために、お花と祖国の水を持ってきたかった。しかし私は、自分の足許《あしもと》が悪いのを理由に、お花も水も諦めた。その代わり、私は、日本酒の小壜《こびん》をバッグに忍ばせ、慰霊碑の前に置いた。谷口吉郎氏のデザインによる慰霊碑はすがすがしいデザインである。石造の遺骨箱の上の屋根には、そこだけ覆いがないのだという。

あれほど、暗い壕の中で、アメリカの猛爆にさらされた人々は、さぞかし外へ出て、燦《さん》燦《さん》と降り注ぐ陽の光を浴び、水汲みに出るときの危険もなく、自然の井戸の水や雨を口にしたかったかを考えて、お骨箱型の慰霊碑の屋根にはわざと大きな穴を開けてあるというのだ。ほんとうに今、亡き人々は、毎日穏やかな陽の光を浴び、思い切り雨に濡れて、それを慈雨《じう》と感じているのだろう。

帰りも再び、輸送機で二時間半。海面が暗くなってしばらくすると窓の向こうに東京と千葉の町の灯が燃え上がるように見えてきた。私は外国から日本に帰ってきた、と感じた。いや、敢えて言えば、硫黄島は外国ではなく異次元の世界に似ていた。その死屍累々《しるいるい》とした過去と「日常生活の匂いの全くしない住民たち」の暮らしが現在端然《たんぜん》と行われていることに、夾雑物と雑音に満ちた暮らしをしている私はとまどったのである。

この数カ月、私は体力をなくして、ほとんど家で寝ているような暮らしをしてきた。リハビリらしい鍛え方もせず、或る日私は急に古い取材用の編上靴《へんじょうか》を履いて硫黄島にやって来た。そして私の弱り切った体力を知らない人々を驚かさないためだけに、まだ半人前くらいは体が利く人間をよそおっていた。

硫黄島で一人前の人間は、トカゲのように自由に、温まった地面と岩肌と灌木の隙間を動き廻れなければならない。私は夕暮れの前に帰ってきてしまったが、風の音にも、夜空の星にも驚かない魚のような眼を持っている方が穏やかに暮らせるかもしれない。

ここで少なくとも、自然を受け入れ、自然の流れに自分を任す覚悟が要る。社会の暮しでは、人間の生活に強烈な変化を与えるものは必ずしも自然の脅威だけではない。あってほしくないことだが、社会には「事件」という変化もある。突然の予期せぬ来訪者もある。出歩いてみると、知人に会ったり、町並みが変わっていたりすることもある。しかしこの島には、知らされていることかどうかは別として、予定されていない変化は一切ないのである。そこが外部から見ると不気味なのだ。

もっとも、ここにやって来る海上自衛隊員は本土の基地やその周辺の海域では行えないような訓練をするのだという。

その一つが機雷除去の訓練である。機雷にはあらゆる外見のものがあるという。古い捨てられた冷蔵庫が海底に落ちているように見えていて、それが機雷だという話を聞いたこともある。それらを見抜きながら、かつ安全に爆発物の機能を除去するのである。つまりこの島は、歴史的にも軍事的にも、あらゆる過酷な訓練をする土地なのだ。

人も土地もそれぞれに、特殊な運命を持っている、と考えるべきなのだろうか。私は穏やかな時代に、平凡な庶民の暮らしを支えている土地と人を見馴れている。しかし宿命的に激動の時代を生きなければならない人もいる。土地にも、戦乱を支え、人の生死を受け止めねばならない場所があるのだろうか。

多分それが、硫黄島なのである。

童《わらべ》は見たり、野中の薔薇《ばら》

毎年三月十日少し前になると、マスコミがどこかで東京大空襲のことを書く。年々少なくなってはいるが、三月十日の大空襲と言っても、誰がどこに対して空襲をしたのかわからない世代が出ているので、「教育的な」目的もあって触れるのかもしれない。

一九四五年三月、つまり大東亜戦争終戦の約五カ月前の或る夜、東京はアメリカによるかつてないほどの大空襲を受けたのである。私は当時十三歳で、中学一年を終わるところだった。だから起きたことの記憶がないという歳ではなく、しかしそのことの本質的な意味を正当に理解するだけの大人の賢さはなかったような気がする。

その時すでに、自国の首都が「一夜にして焦土に帰する」攻撃を受けても、日本軍には反撃をする力はなかったのである。

こうした日本本土に対する空襲は前年の秋ごろから始まっていたが、一九四四年の終わりくらいまでの空襲は、アメリカ軍機が悠々と東京の上空に入って、焼夷弾の投下もせず、下調べをして帰って行くという感じだった。

東京の「市民」達は、それなりの防火訓練を受けていた。各々の家には防火用の水槽の設備があった。その家が持っていた池、ドラム缶、バケツ、風呂桶などは、常に空襲時の防火用に水を貯《たくわ》えられていたのである。

アメリカの爆撃機は、ヨーロッパ戦線で使われたような石やコンクリート造りの建物を破壊する目的の爆弾ではなく、木と竹と紙で作られている日本の家屋をすぐに炎上させるような火種をまき散らす焼夷弾というもので攻撃するような作戦だったのである。

私たちは子供でも、消火活動の訓練を受けていた。

素朴ではあったが、バケツリレーというものが意外と有効であった。人間が列を作って、水を入れたバケツを火元近くまで手渡しで届けるのである。もっとも、それは火事の初期の段階で有効なだけだった。当時も消防車は少数あったのだろうが、東京中が燃え上がるような火事に対応するだけの台数はなかったし、消火栓の設備も今とは全く違っていただろう。

当時十三歳の子供だった私も、一端《いっぱし》の消火隊員であったが、瓦屋根は火の粉を浴びても燃え上らず、木の羽目板も乾いているはずなのに類焼しなかった。私の家は普通の住宅地にあったが、付近の個人の住宅は、隣家から六、七メートルしか離れていない場合もある。

それでも強風の日でもなければ、火は燃え移らないのである。

通常、アメリカの空爆は夜間であった。早寝の私がぐっすり眠りについたころ、つまり深夜十一時前後にまず警戒警報のサイレンが鳴る。それで母がラジオをつけると、敵の編隊は伊豆七島の辺りを北上しているという段階であった。彼らは必ず富士山を目標に日本の上空に到達しようとしていた。

戦争が終わり平和がやって来て、そのうちに日本の民間航空が盛んになってから、私も飛行機に乗る機会が増えた。その時初めて富士山の偉大さを知った。学校で「頭を雲の上に出し」という歌詞の唱歌を歌ったが、アメリカの爆撃機だって日本の民間航空機だって、文字通り頭を雲の上に出している富士山を目標にしないわけはなかったのである。

つまり当時の警戒警報は、当時の日本のレーダーにアメリカの爆撃機の編隊が捉えられる距離で発令されたらしい。その警報が出てから約二時間か三時間すると、本物の爆撃機が東京上空に到達して空襲が始まるのである。

子供でも十三歳になれば、一人前の消火活動ができる。私は普通のパジャマを着て寝ていたが、警戒警報が鳴ると、当時日常の制服がスカートからズボンに切り替わったばかりだったので、すぐこうした戦時下の制服に着替えた。枕許に置いてある母親の手作りの防空頭巾は、紺色の表地に、薄く綿を入れたものであった。直撃に近い爆弾に対してはあまり役に立たなかったろうが、遠くに落とされた爆弾の影響で飛んで来た石、レンガなどの破片、木の枝などからは、私たちの頭や首などを守る力があった。しかし鉄兜《かぶと》、又はヘルメットなどというような物は、当時手許に支給されていなかったし、また買う方法もなかった。母の手作りの防空頭巾は、ただ破壊された建物から飛んで来る破片を防ぐ効果しかなかった。

当時私たちの暮らしは、完全な灯火管制のもとにあった。つまり、光を外に洩《も》らすことでここが東京だということがわかると、敵の攻撃目標になると言われていたのである。だから、窓という窓は黒い布か紙で覆《おお》ってあった。もっとも、当時の暮らしは、家の中の照明を明るくしたり、電気製品をたくさん使うような生活環境でなかったから、もともと電気の供給量は少なかった。現在の私が過剰なほど明るい室内を好むのは、この貧しい時代の心理的後遺症かもしれない。

私は生まれつきの強度近視で、少しでも暗い室内では字を読むのが辛かった。その代わり、自然の暗がりの中を歩くのは人より得意であった。視力の代わりに次第に手探り、足の爪先探りで動くことが得意になっていたのである。

考えてみると、人間が暗がりの中で移動できる才能などというものは、通常はあまり評価されないものなのだが、生き延びるためにはかなり有効な資質だと思う。私のこの動物的才能は、戦時中の灯火管制下で磨かれたに違いない。

とにかく、戦争中の東京の暮らしでは、生き残ることがもっとも重大な資質だったのだ。当時、私の家には庭先に防空壕が掘ってあった。地表から三メートルほど地下に入ると、中に四畳ほどの板敷きの室ができていた。敷物も何もなかったのは、中が恐ろしい湿気で、まだナイロンという繊維を知らなかった時代では、これほどの湿気の中では貴重品のウールでも木綿でも、恐ろしいほど早く腐ったからである。

中にあるのは丸い大きな風呂桶くらいのブリキの缶に貯えてあった飲料用の水だけであった。

警戒警報が鳴ると、母は眠たがる私を連れてこの防空壕に入った。蒲団《ふとん》らしきものがあった記憶はないから、私は中で再び眠っていたのだと思うが、恐らく板の間にごろ寝をしていたか、壁に寄り掛かって睡魔に身を委《ゆだ》ねていたのだろう。爆撃を受けている土地があまりに近いと、音が凄まじいので眠るに眠れず、両膝をかかえてうずくまっているだけの夜もあった。疲労がひどければ起きていられなかったはずだし、爆音があまりに大きくて地面が揺れたりすると、これまた恐怖で眠ることができなかった。

アメリカの爆撃機は、富士山の間近の地点で右折して東京にやって来た。彼らの当時の航空路は完全に安全であったろう。東京を防衛するための高射砲陣地がどこかにあると聞いてはいたが、防空壕の中で反撃の高射砲音などを聞いたことはなかった。

いきなり死ぬのは少しも不都合ではない。その時私を苦しめていたのは、死ぬかもしれないという死の予感に怯《おび》えなければならなかったからであった。私は次第に、敵機の爆音の大きさや音程の変化などで、B29の侵入状況と自分のいる穴蔵との位置関係を敏感に計測できるようになった。敵機が少し離れた上空を飛ぶ時と真上に迫る時とでは、爆音がまったく違った。真上に近く迫る時は、ライオンが上から人間を襲う時のように近づいて来る。そこで投下される爆弾は至近距離に落ちるはずだから、時には致命傷になる。

私が怯えたのは、その音の変化の程度がわかるようになってしまったからである。死んでしまえば、死の恐怖も痛みもないのだと自分に言い聞かせても、私は全身で音を聞いていた。恐怖に耐えるということは痛みに耐えることと似ていて、すさまじい心理的な疲労を与えるものであった。

つまり一九四五年の春ごろ、少なくとも私と同じぐらいの歳でアメリカの空爆の対象になった人なら、誰でも死に怯えたはずである。当時は軍人でなくても、非戦闘員に分類されていた女性でも子供でも、等しく攻撃にさらされたのである。

(よかった! 少しは実戦というものの姿を知ることができた! と私は今でも感謝している。

健康に生きながら、死を恐怖する人間の基本の精神の姿を体験しないと、人間は動物にさえなり

切れないのかもしれない）

母によると、当時の私は感情のコントロールを失って泣いてばかりいたという。しかし、私の記憶の中の自分の姿はまったく違ったものであった。

ある夜、我が家から数軒離れて建っていた家が燃え上った。焼夷弾の直撃を受けていたのである。初め私は木造の家というものはすぐに延焼するものと思っていたので、火元に向いた我が家の外壁の板に水をかけ続けた。しかし強風下で燃え上る火元の家からシャワーのように火の粉を浴びても、私の家の外板壁に燃え移ることはなかった。その後の私の体験では、類焼に最も手を貸したのは、当日の乾燥と強風であった。その夜は現在の天気予報で言えば極端に湿度が高かったか、前夜に一度驟雨《しゅうう》が襲っていたのかもしれない。

そういえば私は、毎晩薪と石炭を使ってお風呂を沸かす役を振り当てられていたが、完全に燃えつくすまでには乾いた紙や薪があっても苦労したものであった。火が石炭につけば私は自室に戻って三、四分でも宿題ができる。火が燃えつかなければ、私はずっとお釜の前に坐っていなければならなかった。「火を熾《おこ》すのがうまい人は家を興す」と教えてくれた人がいた。私は火を熾すのが下手だったから、たぶん家を潰すのではないかと当時真剣に考えていた記憶がある。

あちこち燃えているのだから、消防車など来るわけがない。当時私たちの街には「隣組」

という組織があり、一つの通りの端から端までを一単位とする少人数の防火組織ができていた。外見は健康そうでも軽い病気もちのため兵役を逃れている人が組長さんで、その人が働ける年齢のすべての住人に対して「あそこの火を消せ」「ここまでバケツリレーを伸ばせ」というような指揮をした。そういう人たちは国防服と呼ばれていたお粗末な生地のカーキ色の服を着て、足にはゲートルを巻いていた。ゲートルは、厚手の包帯のような長い布である。ズボンの裾を折った上で、靴と膝までの間をこのゲートルで巻き固めれば、民間人の出陣の用意、闘える男の姿は完成するのである。

慎みのない言い方になるが、私はこのバケツリレーに参加する時、いささかの迷いもなく、昂揚《こうよう》した精神になれた。普通人間は、自発的にどのような仕事をしていても、常に自分の現状にいささかの疑いを持っているものである。本当は今、別のことをしているべきだった、と思うのだ。しかしバケツリレーをしている時だけは、そのような疑念は全く湧かなかった。バケツで水を運ばねば、自分の家に燃え拡がるかもしれない。女子供でも、とにかくバケツの水を一杯運べばそれだけ危険を避けるために働けたのだ。この実感に溺《おぼ》れて、私は体を動かした。

もっとも、そのうちにこぼした水で足許はぬかるみ、満杯にしたと思った水が半分しか入っていないこともあったが、それでもこれほど純粋な、疑いも迷いもない行動を夢中でし続けられる体験は、それまでになかったのである。

その頃、私は初歩的なドイツ語を学んでいた。当時は第二次世界大戦の最中で、日本はドイツ、イタリアとの間で日独伊三国同盟を結んでいた。市民の間にも、英語よりもドイツ語を学ぼうとする機運が高かった。英語の教師を見つけるのと同じくらい楽に、ドイツ語の教師を探すこともできるようになっていた。それに比べて英語は「敵性国語」扱いになった。しかしもちろん我が家では、母が私にプライベート・レッスンとして英語を学ばせることをやめなかった。私は英語でもドイツ語でも、つまり勉強することはすべてうんざりすることで、何もしなくてよければそれが一番いいのに、と考えていた。

ことにドイツ語で驚いたのは、単語に男性・女性・中性の三種類があって、しかもそれに添えられる冠詞にまで語尾変化が及ぶことだった。ヤカンが男性か女性か、それはまあ余計なことだとは思うが、決めたければそちらで勝手にお決めになったらいい。しかし、英語で言えば「the」や「this」に当たる冠詞まで、名詞の性に準じて語尾変化まで整えなければならない。こんなことをやっているからドイツ人は頭がよくなるのかなあ、それともやたらに頑固になるのかなあ、と私は考えた。

しかし私が一つだけ得をしたのは、当時のドイツ語の教科書はすべて亀の子文字と言われている古い字体で書かれていたことである。この字を書く時は、G《ゲー》ペンと呼ばれる特殊なペン先を使った。戦争が終って暫《しばら》くして、もうすっかり忘れてしまったドイツ語の教科書を見ると、もう亀の子文字は一掃されていた。しかし私はがっかりしなかった。私はすべてむだをするのが好きな性格らしかった。

当時の私のボーイフレンドの一人は、旧制一高でドイツ語を学んでいた。私はその人に、ドイツ語の手ほどきを受けた。だが、第一外国語は定着するが、第二外国語はだめだ、という凡人用の巷間の評判は全くその通りだった。

しかし彼は、私にドイツ語の歌も教えてくれた。事実かどうかはわからないが、当時、英語の歌やフランス語のシャンソンを歌うと、日本の憲兵に叱られるという人もいたが、その点ドイツ語の歌は無難だったのだろう。それに、日本人にとって英語の「the」は発音しにくいが、ドイツ語の「Z」はほとんどカタカナの「ツ」と違わないと思えたのだろう。

そんな空気もあって、私は『童《わらべ》は見たり、野中の薔薇《ばら》』（野ばら）を原語で歌うようになった。少し時期に前後のずれはあるが、学校の音楽の時間にも、この歌を歌っていたのである。

その大空襲の夜のバケツリレーの間中、それは今思い出しても、幸福でも不幸でもないただ奇妙な生命感に満ちあふれた時間だったが、私は凄まじいエネルギーで体を動かしながら、口ではひっきりなしにこのドイツ語の歌を歌っていた。当時の日本の軍歌でも、バケツリレーのテンポに合うものはいくらでもあったろうが、なぜか私は『童は見たり』一本やりだった。

「レーズライン・レーズライン、レーズライン・ロート。レーズライン、アウフ・デム・ハーイデン」

今はもうその歌詞の厳密な意味も忘れかけた。

十字路の少女

若い時から私は、夢のない老人のような性格だった。「諸般の事情を考える」と是非行きたい土地もない。体力や経済力や家の事情を考えると、マッターホルンに登りたいとか、ヨットでオーストラリアまで行ってみたいとかいう夢を持ったこともなかった。途中で行方不明になったらどうするんだ。捜索隊に迷惑をかける。私はそれほどの人物じゃない、とすぐそこで冒険の意図をやめるのである。

三十年以上前の話だが、その私が五十歳になった。舅姑《きゆうこ》と実母と同居の形態を完成したのが三十代に入った時だったから、まあそのような暮らしにも馴れた。私は、親たちが年をとったら、別居でも同居でもない小ぢんまりした庭を共有するくらいの距離に住むのが理想だと考えて、五十歳になった時には同居の形態をとっていたのである。

二十代に始まった私の作家としての収入は、ほとんどすべて住居の準備に使った、と言ってもあまり不正確ではないかもしれない。私は自家用車なるものも早々に買ったが、それは実母が歩行が不自由だったので、彼女を乗せて気晴らしの小さなドライヴをするためだった。夫の両親と同居したのは、中野に住んでいた二人を訪問するのが大変だったので、手許に来てもらえば「毎日片手間」で様子をみていられるという計算だった。

私は人生のことを、小説を書くこと以外は何事も片手間でやることが好きだった。うっかり真心をこめて或ることに「仕え」たりすると、それに応えない相手に逆に怨みを持ちそうな気がしたのだ。反対に自分がそのことに真心をこめないと、自分の方が常に負い目を持って暮らす。真心をこめなければ、人を怨むこともない。だから誠実一本槍の人はおっかない、と考えるようになったのだ。

それならば何が私の生き方を決めていたかというと、それは運命であった。別の言葉で言うと「成り行き」である。私にも一応の希望や「したいこと」がある。しかし結果的に「そうなった」のは、決して自分の力ではない、という考え方であった。

私は終戦直前の沖縄戦を調べる機会にも恵まれた。沖縄は大東亜戦争の最後の頃、日本の国土の中で唯一、敵であったアメリカが上陸し、市街地が砲撃にさらされた土地である。

一九四五年の終戦の時、私は十三歳だったから、空襲を受けた体験もあり、戦争の無惨さを自己体験として理解する力はあった。平和な日々の中では、自分の生活の結果を、自分の力の結果として考えがちである。しかし、世の中の多くのことは、「運」の結果なのだとわかりかけていた。

沖縄で私は多くの人たちから戦争の体験を聞いた。いずれも当時、私と同じぐらいの十代の娘だった人の話である。

その人は敵の艦砲射撃を避けて、学校から近くの洞窟に逃げていたが、そこも危険になったので、全員が解散して、バラバラに運命を選ぶことになった。学校も教師ももう、生徒の生存に責任を持ち切れなかった。

多くの娘たちは、当然のことながら、動員されていた工場から親の家を目ざした。しかし自宅が無事だという保証も、親たちが生きているという連絡もないままだった。

中の一人が私に語った。

「島中が艦砲射撃を受けているんです。どこへ行けば安全かなんていうニュースも、引率してくれる先生もいない。皆思い思いに家の方向を目ざして逃げました。その時ふと、畑の中の十字路で向こうから逃げて来るお父さんとお母さんに遭ったらどうしよう、と思いました。こちらは、危ないと思うから向こうへ逃げてるんですけれど、向こうからお父さんとお母さんが逃げて来たら、どっちへ逃げればいいんだろう、と思ったら、恐ろしくなったんです。でも勿論お父さん、お母さんには会いたかったけれど、そんな切羽詰まった状況まで頭を過《よぎ》りました」

この畑の中の十字路で図らずも向こうから逃げて来る親に会うことの恐ろしさは、象徴的である。親もその運命に確信を持てず、子も親を助ける余力がない。それぞれが何の根拠もない生死の決定権をもって、生きねばならない。

戦争中には、そのような厳しい場面にいくらでも遭遇することがあった。だから人間が鍛えられたという人もいる。生きるということは、刻々に自己責任による決定をし続け、しかもそれが決して正しい選択ではなかったことが立証されていたのである。

当時の体験として話されたことの中に、今でも忘れられないものがある。

やはり一方的に優越したアメリカ軍の砲撃にさらされた十字路の話だ。一人の「女学生」が朦朧《もうろう》とした頭で、そこを右へ曲がろうか左に曲がろうか、考えあぐねていた。疲れもひどいが、砲撃の音も周囲に迫っている。冷静な頭で運命を選ぶ力はもはや残されていなかった。

彼女はどこかの十字路にさしかかった。

自分の前を一人の同じような年頃の娘も泥まみれになって逃げていた。直進すれば逃げ場のない海岸の断崖に近づくことになる。前を逃げていく女学生は十字路で細い道を左へ曲がった。そしてそれほどさし迫った状況下だったにもかかわらず、彼女は、数歩先で立ち止まると、くるりともんぺをさげて道傍にしゃがみ込み、おしっこをした。

その娘と同じように左へ曲がると、自分はおしっこに濡れた道を踏むことになる。それがいやで、彼女は反対側、つまり右へ曲がった。数歩行った所で、左側の道に砲弾が落ちる轟音を聞いた。おしっこをしていた女学生は吹っ飛び、彼女は生き延びた。

この体験談ほど、何年経っても私の心に深く残っているものはない。

一つは、人間は、自分の冷静な選択で生き延びているなどとは思わないことだ、ということである。思考によって身の安全を図っていることも事実だ。しかし偶然に助けられることもある。

もう一つは、人間は思わぬところで運命に使われている、ということだ。おしっこをした娘は、他人の命を救ったのである。通常私たちは、一生かかっても人の命を救うなどという大きな仕事をすることはない。だから人間の存在は偉大だ。どこでどういうふうに、運命に使ってもらえるかわからない。自分の存在など大したものではない。能無しだから、社会にはなくてもいいような人間だった、と自ら結論づける人がいるが、それも間違いなのである。もちろん同様に、もし自分は「偉大な存在だ」と思っている人がいたら、その手の判断もあやしいものなのだ。ほとんどすべての物や存在には「代替」がある。世間にはその独自の才能を活かして、その人でなければだめだ、と思われる仕事を果たしている人も現実には多いが、仮にその人がいなくなっても、何とか代わりの人物が出て来て、仕事は繋がれて行くのがこの世というものだ。だから地上の機能の多くは、何があっても――火山が爆発しても、一国の首相が死んでも――停止することがないだけでなく、発展さえして行くのである。

私たちは、人間の小賢しい能力の比較癖をあざ笑うようなこういう社会の構造や力関係を、できたらおもしろがりたいものだ。そうすれば自分がいなければ「世も終わり」だろうと思い上がることもないだろうし、他者の存在によって直接間接に受けている恩恵を過不足なく評価できるだろう。

社会の恩恵はためらうことなく受けていいのだ。しかし同時に、受けてばかりいる存在であってはならない、ということでもある。現実問題として、一人の人間が受けてだけいる立場だとすると、社会は動いていかなくなる道理である。或る時期、或る事情によって生活保護を受けてもいいが、その財源を考えると、次の年には自分が財源を補充する立場に行かねばならないこともわかる。すべてこうした「受けている」環境に組み込まれているることこそ、生きている証だという言い方もできる。

補充された財源は国費の形で必要なことに使われるが、その源は現在働いている人から納められた税である。だから税金は、社会の相互扶助の原型で、従ってそれを扱い、使う人たちの姿勢が常に問題になるのは当然のことなのだ。しかし信じがたいことだが、今生きている人たちの中には、自分が受ける（もらう）側に立つ時の損得しか考えない人がけっこういる。

人間の健康も、いわゆる体の巡りがいいか悪いかで決まるという。循環器系の、つまり血管の巡りが悪いと血圧は不安定になり、消化器の機能が落ちると、食べても消化吸収せず、吐いたり下痢をしたりするのだろう。機械類は錆《さ》びつくし、冷蔵庫の冷気の循環が停まれば、中の食料は腐る。

人間の、現実の眼の視野も、ある種の病気になれば狭まるし、血流も悪くなることで、血管そのものの血圧の異変も起こる。巡る、という動きは、或る一点だけで見ると損をするようだが、それが円満な生態系を保つ基本の姿なのだろう。

流動的で総括的で、円満な視野を何歳になっても保ちたいものだが、現在の私のような老年になると、利己的でけちになり、総体が見えなくなる例も多いのである。

「明日がある」と思える暮らし

私は「前線以外の戦地」での戦いを知っている、もはや数少ない世代に属しているのかもしれない。

第二次世界大戦、つまり大東亜戦争だって、一九四四年前半までは、日本の内地が戦場になることはなかった。一九四四年頃から、私たちは防空演習というものをするようになった。私は中学生である。学校には立派な地下室があった。私は修道院の経営する学校に通っていたが、防空演習になると、机の上にカバンもノートも置き放して、全校生が地下室に避難した。そこでは、禁じられていたお喋りをして過ごす。嫌な授業よりましだ、と思っていた子も多いはずだった。

今なら、飲み水はどうするとか、もし避難生活が数日続いたら食料や寝袋をどうする、という心配をしたかもしれないが、中学一年生から二年生になるころだった私たちは気楽なものだった。とにかく空襲の実態は知らないし、クラスメートと地下室でお喋りをしていればいいなら、授業よりはるかにましである。

只、その時、死の予感だけは知った。

アメリカの空襲はB29と呼ばれる大型爆撃機で行われたが、大体三時間ほど前に警戒警報、次に三十分以内に空襲警報という順で発令される。大人たちの中には、警戒警報が鳴ってから、お釜いっぱいのご飯を炊き、梅干し入りのお握りを作る、という人もいた。

余計なことだが、ただの塩むすびは、意外と早く腐った。しかし中に小さな梅干しを一切れでも入れておくと、ご飯が腐るということはない。この現象を発見した人は偉いものだ。

防空壕に入っても東京上空に侵入したアメリカのB29型爆撃機の音だけは聞こえる。独特の爆音なのだ。それが少し離れた距離で飛び去る時と、真上を通過する時とは音が全く違う。音楽の時間にクラスの代表として歌わされるような音感のある生徒でなくても、生命の安全にかかわるようなこの爆音の違いだけは、嫌でもわかるようになった。

B29が真上を通る時に、私たちは爆死する恐れがあり、その予感に脅える時は、死が現実のものになる数秒前なのである。それが、私は一番いやだった。いきなり生命を奪われるなら、恐怖がないから辛いこともない。

私が戦争に触れたのは、自宅の庭に立っていた時、我が家の屋根すれすれから、いきなりグラマン戦闘機が姿を現して、私めがけて機銃掃射をした時である。しかしすでに敵は私を撃てる角度からははずれていた。私は強度の近視だったが、その時だけはあまりにも低空飛行をしていたので、敵のパイロットの顔が見えた。

この話を戦後、友人のアメリカ人にすると、どうしても信じなかった。なぜならアメリカの戦闘機が、都市にいる非戦闘員の、しかも十二歳の女の子を標的に撃つわけがないというのである。

しかしパイロットにすれば、一秒以内の反射的な戦闘行為だ。私は背が高かったから、十二歳の時すでに百六十センチあった。

戦闘は、一秒の行為、一瞬の判断である。間違うこともあるだろう。アメリカのパイロットが私を撃ったのも、反射的行為だったろう。その時以外、私はこんなにも明瞭な生死の分け目に立ち会ったことはない。だから貴重な体験だったのである。

その頃、つまり一九四五年になるやいなや、私たちは毎日、死と隣り合って暮らしていた。ほとんど毎晩空襲があったからである。日本は全く反撃の方法を持っていなかった。敵の飛行機を撃ち落とせるはずの高射砲があるとは聞いていたが、それらしい音は聞いたこともない。

私たち市民は穴にもぐった小動物と同じだった。運がよければ生き延びるが、爆弾が我が家に落ちれば、かなりの確率で死ぬことになる。

空爆は大体午後十時頃に警報が出され、深夜を境に午前一時頃まで続く。当時まだ十三歳の半子供、半大人だった私は、毎晩母に起こされ、服を着替えて防空壕に入れられた。それから緊張の二、三時間が続く。遠くに爆弾が落ちれば、我が家に被害はないが、寝床に戻るのは午前一時、二時であった。

東京では毎晩、何カ所かで火事が起き、その火が直接延焼して来そうな気配はなくとも、一連の避難で、まともに眠れない日はいくらでもあった。その間、私は毎晩のように「明日まで生きていられますように」とか「明日までは多分生きているだろう、と思えるような暮らしをさせてください」と祈っていたのである。それが私の心の中の平凡な平和の概念であった。

今私たちは、医師に重篤と宣告されるような症状ではない限り、多分明日までは自分は生きている、と思っている。それが「平和な日々」というものの証なのだろう。

しかし一九四五年の春、日本人は、男にも女にも、大人にも子供にも、明日まで生きていられるという保証はなかった。私の家から一キロあるかないかの近くで、パン屋を営んでいた夫婦は、七人の子供共々爆弾を落とされて爆死した。九人が一挙に死んだのである。

母は「皆一緒だったことがせめてものことね」と呟いたが、私はいまでもそこを通ると、その事件を思い出す。

しかし不思議なのは、当時生きていた人が、終戦まで命を全うできなくても、誰もそれほど悲惨だとは思わないように見えたことだった。今だったら、誰もが耐えられないような家族の死別に直面していたのに、である。

終戦直前、私が或る日家に帰ると、一人の客がいた。制服を着た海軍士官だった。母が「この方は、私のクラスメートの××さんの息子さんで、近く戦地にお発ちになるので、挨拶にきてくださったのよ」と言った。私はただぴょこんとお辞儀をしただけだった。相手は背の高い大人で、私はまだ伸び盛りの、中途半端な年齢であった。

多分その人は、当時「輝くような海軍士官」だったのだろう。そして母は……実家や親戚の家の代わりができるものではないが……出征の前日に、家庭の食事ができない人たちを、始終家に呼んでいたようである。

私はその人が発つ時に見せた挙手の礼の、手袋の白さを覚えているだけである。恐らく彼は、私の家を出る時でも、これが最後の訪問になるかと思っていただろう。しかし私は、まだそれだけのことを考えられる年でもなかった。考えられていたとしても、私は言うべき言葉を知らなかった。今でもわからないままだ。

だから私は今でも始終、若さを、輝かしさとしてではなく、許しがたい未熟さとして苦々しく考えてしまう。

彼は果たして、そのまま帰って来なかった。親も私たちも、彼の本当の最期の地を知らない。もし南方ならば、私は何度もその近くを訪れることもできたろう。私は一般人としては、考えられないほど、東南アジアの辺境の地にいったからだ。

恐らく訪れてみれば、それはいつも日の光が輝くような海か、深い緑の生い茂る生のきざしに満ちた場所なのだろうが、今では彼の生存を知る人さえほとんどいなくなっている年代である。戦争中の空襲によって、私は死を現実のものとして予感した。空襲がなかったら、私の子供時代は、空疎な焼き菓子のように、何の手応えもないままもろく続いたことであろう。

死の危険がいいというのではないが、せめて死の予感くらいあった方が、私たちは人間になる機会を失わない。人間であった時間を記憶することもできる。

ほんとうに私は自分の、本来の戦闘区域外におきながら、生死の分かれ目を味わわせてくれたアメリカに感謝している。アメリカとの戦いがなかったら、私はもっともっと甘い人生を送っていただろう。

私が、生死の境というほどではないが、厳しい時間を感じたのは、中南米やアフリカの途上国を車で旅行していた時である。ことに中米では、車で旅行する人のほとんど全員が、何かしら武器を持っていた。そして私たち夫婦に「武器は何を持っているか」と聞き、「何も持っていない」とわかると言葉を失っていた。

だから私たちが、強盗にも遭わず無事で帰って来たのも、全くの幸運の結果であったのだろうと、思い上がってはいないつもりである。

命の危険にさらされると疲れるから、私は好きではない。人生はしかし、その危険を受諾すれば、巾の広いものになる。安全か危険かどちらを取るか、決めるのはいつも自分なのだ。

第2章

人生の持ち時間

荒野と人間——本能の囁き

私自身、後期高齢者になってくると、新聞の読み方もかなり変わってきた。まず、自分が事故や天災の時、死ぬ側に入ることは、大したことに思えなくなった。だから同年代の人たちが事故死してもいい、というわけではないが、助けるなら若い人を、と明らかに心の中で、差をつけている。

西日本豪雨による死者も約三分の二は、六十代以上である。二〇一八年七月十六日の産経新聞によると、高齢者の死因は、自力避難の困難や、自治体の情報が充分に伝わらなかったりしたからだという。

高齢者の死に対する社会の受け取り方も違ってきた。昔は高齢者の知恵が身を助けた例が明らかに多かった。西の空に雲がかかったら強風になるとか、ナントカ山の山頂が見えたら明日は晴れる、というような有益な体験の蓄積を持っているのも年寄りだった。

もう二十年以上前になるが、私たち夫婦は外国で日本人の団体と一緒になった。

グループの中に、高校生の男の子がいた。学校のある時期に外国旅行に来ていたところをみると、登校拒否中であるのかもしれなかった。しかし長年、大学の先生をしていた夫は、

「あの子は、頭のいい才能もある子だよ」

と惚れ込んで、いつも男二人組んで一台の車椅子の係をしていた。

この子が落ちこぼれのように思われていたのは、やはり過保護のせいかもしれなかった。

或る朝、ホテルの玄関でグループがバスを待っていると、夫が独り言のように、

「今日はずっと雨だな」

と呟《つぶや》いた。フード付の雨合羽を着て、彼は完全装備だった。

「どうしてわかるのかな」

と高校生が尋ねた。

「見りゃわかるさ。もう本降りになっているだろ」

夫は大人げなく答えたが、ボランティアたちにとって、雨は少し厄介な状況だった。足場が悪くなるのである。

バスに乗り込んでから、私は小声で尋ねた。

「どうしてあんな答え方をしたの？」

「だって目で見りゃわかることを、あいつはわかってないからさ」

「彼は頭の良い子でしょう。それなのに今日は雨だってことが、どうしてわからないのかしら」

「ヨーロッパには、天気予報ってものがないんだろ」

「あったって、フランス語だしね」

とは呟きながら、私は何となく釈然としないままにいた。今の会話を作品に書くとしても、どうしても落ち着きが悪かったからである。

高校生はどうしてあたりの濡れた風景を見ながら「今日は一日中雨降りかなあ」とわからなかったのだろう、と私は夜になって夫に尋ねた。すると彼は面倒くさそうに、

「いつも、あの同行者のおふくろさんが、天気予報を聞いていて、それを教えるんだろうよ。だから傘を持っていきなさい、とか、今は晴れていても午後は雪になるだろうから厚い上着でいい、とかさ」

「その手のことは当たりはずれはあるけど……人間の本能でいいのね」

しかし何より、一番おもしろいのは、人間の外界を捉える機能だ。色、明るさ、寒さなどは、他人から教えてもらうより、自分の感覚の方が当てになる時がある。昔会ったおばさんはリュウマチで、手が痛むと明日は雨になるのだと言っていた。数年前に知った山の

小父さんは、明日の天気を語る前に、必ず近くのナントカ岳の山頂を見ていた。そこに雲がかかっていれば、まず明日は晴天ということはあり得ない、と考えるというのである。私はいつのまにか、ＮＨＫの天気予報より、その手の個人的予報を信じるようになった。個人的な感覚には、その人の過去が口をきいていた。

都会だからデートはいつでもできるのだ。駅やレストランなら、自然の影響を受けることはまずない。ところが自然はそうはいかない。雪が深くても、川が増水しても、人間が行きたい地点にまでたどり着くことを妨げる。

それで人間はさまざまなことを覚えた。まず自然の顔色を読むことである。夕焼けが赤いかどうか、西の空の雲はどんな形か、そんなことで自然は明日の変化を人間に教える。

都会の中でも、田舎の自然の真っ只中でも、私たちは一匹の動物に立ち返り、周囲の自然から情報を得ようとする。私は「お受験」に強い秀才よりも、その手の動物的感覚を持つ人の方を信用していた。人間はまず生きるのに有能な強い本能を持った動物でなければならない。その上で文字や記号を使った抽象的分野の理解もできることが望ましい。

私は好んで、少しばかり危険を伴った長い自動車の旅を生涯で何度もやった。夢が叶わなかったのは、一時はロンドンからインドのボンベイまで出ていたという噂の長距離バスの旅である。この旅行のバスは二台編成で、一台が旅客用、もう一台がそのサポート用に食糧や修理用具などを積んでいる、という話だった。何しろヒマラヤを越えるのだから、それくらいの準備は要る、と誰もが考えたのである。

本当に当時、ロンドンに行けば、そういう物好きのためのバス旅行を企画している会社があって、私が通りすがりにそのオフィスに立ち寄って「カルカッタ行きのパンフレットありますか?」と訊くと、眼鏡をかけた女性が一昨年に印刷したような古いパンフレットをつまらなそうに出してきて渡してくれる、ということを私は確信していた。よく見ると、それは再来年分のスケジュールだというようなこともありそうであった。私は空想の中で、そのパンフレットの埃《ほこり》だらけの手触りまで感じたのだが、その旅行には同行したいと語っていた人も積極的に動かなかったし、私も「あの旅行の話はやめにしたの?」と訊きもしなかった。私は物事のすべては自然発生的な要素を強く持っていることが好きだった。

要は、私は人間の努力というものを愛さなかったのであろう。物事のすべては、自然に起きてしまったことで、なぜそうなったか実は第三者によく説明できない、というような成り行きが必要に思えたのである。それこそが成るべくして成った人生のドラマの筋書きであり、その中に置かれた時こそ、人間はどんな役であれ登場人物としてしっくりくる、というものだ。ストーリーの構成に無理をすると、役者は自分の出番の意味さえわからなくなるどころか、手足を動かすことさえ無理になる、と私は信じていたのである。

こんな風に、私は人間の才能の中で、学校秀才ではない、もっと動物的な能力を持つ人を高く評価していた。地図を読める力も必要だが、それより見知らぬ町へ行って、市の中心をかぎつける技量の方がもっと役立つ。或いは荒野の中の三叉路に出て、どちらを行けばより近い隣村に辿り着けるかがわかる方が、はるかに使える才能というものだ。

かつてシリア、イスラエル、トルコなどで聖書に出てくる土地の調査をしたことがあるが、その調査リストの中には、今は村らしい人家さえ残っていないような土地もあった。現代の村がなくても、私たちは一応そこへ到達すればいいのだが、あたりは発狂しそうなヒマワリ畑が続いているだけとか、山羊一匹いない荒地だけとか、絶望的な光景の土地も少なくない。「遺跡」の石が数片でもあれば、私たちは「古い土地を見た」と思えるのだが、自然の野原ではその確信も持てないのである。

私の感覚では、ヒマワリの花がいつも陽を見ているというのは嘘で、彼らは少し斜めに構えて、同じ方を見ている。しかし、まともにその視線を使っているわけではない。彼らの花が元気づくのは、決まって灼けそうに暑い日の盛りの頃のように思える。

私が、その思想にも表現力にも洞察力にも深く惹《ひ》かれた聖パウロは、キリキアのタルソの生まれだが、私が最初にトルコに調査に入った時の印象は今も変わらない。

トルコの田舎では、見渡す限りのヒマワリ畑だった。花は美しいという感想を持てるような豪華で端正なものではなかった。花は小さく、葉は灰色の埃に塗《まみ》れていた。そして暑さは、粘りつくような激しさだった。私は「聖パウロはこんな暑い土地に生まれながら、よくあんな深い哲学を持ち、面倒臭い初代教会を作って、うるさい信者たちの派閥争いをまとめて、いくつもの教義的手紙を書けたものだ」と思った。私だったら、この土地の単調さや暑さにまいって、生涯なんの学問的な思想も持たずに果てただろう。

私はその時、眼に入る限りのあたりの風景の単調さにまいっていた。その肉体的な圧迫は、聖パウロのような複雑な人間性を作るのに、全くそぐわなかった。この暑さ、この埃っぽさ、この単純さは、あの複雑な手紙の筆者の半生を作るのに、何の役に立つとも思えなかった。

私たちが移動に使っていたジープは、時々三叉路や五叉路で立ち往生した。そこには案内板もなければ、文字で書いた標識もなかったし、道を聞けるような通行人もなかった。道というものを正確に教えられる人は、五十人に一人もいないと知りつつも、それでも私たちは人に尋ねたし、聞いたことに返事をしてくれる人がいることを幸福に感じた。往々にして、私たちは道を聞こうにも、全く通りかかる人もいない、という場所に立っていたのである。

長い旅は、こまかい神経を使う人には向いていなかった。その時その時で、きれいに辻褄をあわせるなどということはできなかったし、しても無駄だったのである。西日の沈む頃、我々は今日一日の旅程が、南に行くのか北を目指しているのかさえ間違っていなければよしとした。おそらく神も人間に対して、厳密ではいらっしゃらないだろう、と思える瞬間だった。

現在人々は、正確な気象学に基づいた天気予報を信じ、五万分の一くらいの縮尺の地図がなければ安心できないという人もいる。しかし、私たち動物には、それ以外に体に囁いてくれる声がある、と私は信じている。

かつて一度も行ったこともない外国の荒野の道で、

「確証はないけれど、こっちの道を行けば目的地だと思いますよ」

とさらりと答えた人がいる。彼の答えは文献的な整合性を得た結果ではない。それ故に、私はそれを信じた。彼がみごとに動物的な本能を残した人間だったからである。

面会室のアクリル板

大阪の富田林《とんだばやし》の警察の面会室から、容疑者が逃げた。弁護士さんと会った後、誰もいなくなった面会室の境のアクリル板を蹴破って逃げたのだという。弁護士が去ってから事件が発覚するまで数分ではなく、二時間近く。がらんとした部屋で逃げるための作業をすることはそれほど難しくはなかったのだろう。

私は面会室という空間の構造を知らないので正確なことは言えないと思うが、相手は留置されている人である。とすれば、当然逃げられないように部屋に施錠するとか、監視人をつけるとかすべきなのに、ドア開閉のセンサーの電池まで抜いてあったという(注・逃走してから四十九日後に山口県で逮捕された)。その人を捜すために動員された人の多さを考えると、これは結構お金のかかる騒ぎであった。

この頃、人権ということがしきりに言われる。言うまでもなく人権はすべての人にある。老人にも子供にも、健康人にも病人にも、貧しい人にも金持ちにも、同国人にも外国人にも、である。しかしだからと言って、特定の人にだけ法や警備が甘くなっていいということではないだろう。人権は人として存在することをあらゆる人に認めるが、それは無制限に規範を取り除くことではない。

人権の認識と一見対立するように見えるのは、個人がグループに入れられ、組織の一員としてしか認められず、命令に従わせられる時である。

その典型が軍である。個人としては、今ここで進撃すべきではなく、むしろ退却して兵力を温存すべきだと考えても、軍命には従わなければならない。私がもし動員され、一人の兵士となったら、私は最低の兵士になるだろう。常に、上の命令に反対の意見をかみしめ、したがって不平不満の塊になり、指揮官から見て使いにくい人間になりそうだ。これは言い訳だが、そういう自分を薄々知っていたから、私は自分の行動のすべての結果を一人で負う作家という職業を選んだのかもしれない。

弁護士と接見中の容疑者は、話の内容を誰にも聞かれずに弁護士と会話をできることになっている。しかし二人の間には、アクリル板が立てられており、その一部に会話を妨げないための穴が開いている。

アクリル板というものは、近代の発明で、ガラスと同じく、可視的ではあるがこの板の境を打ち破ってこちらには来られない、という制約がある。ついでにそういう物質は鉄と違って力に対して弱いのだろう、と思うのが人情なので、その概念を跳び越えようとして、メーカーは材料の強度を上げるために必死の努力をしたように見える。

まず、ナイロンという一見細く、軽く、すけすけである物質が、木綿や、絹や、麻製のロープよりも丈夫という概念を一般化し、実証した。登山のザイルにも使われるこうした新物質は、結果的に言って、既存のザイルより丈夫だと見なされるのかどうかは、登山家によってもずいぶん長い年月試されたのだろうが、「軽くて丈夫」という特徴は、人間にとって常に大きな魅力、いや魔力になるのである。

私の大学生時代、初め私たちは絹のストッキングをはき、途中からナイロンになった。初期のストッキングには脚の真後ろに縫い目（シーム）があった。それを曲げてはくと脚そのものがO脚に見える。それで女子学生たちは毎朝靴下をはくのに、ずいぶん気を遣った。

やがてこの余分な縫い目はなくなって、シームレスの靴下が一般化したが、人間は、見栄やわずかな節約のために長い間、涙ぐましいほど努力するものである。

すべての人間の行為は、同じ行為をする人の多数化によって「進歩」する。階段を上るのを嫌う人が増えたから、エスカレーターやエレベーターの機能がよくなった。一九九〇年代のタイのバンコクでは、日本のデパート「大丸」にだけエスカレーターというものができたので、買物には縁のない街の住人も「大丸」に行きたがった。確かにエスカレーターという乗物を使い、労せずして二階に上るという体験は、買物より子供や若者たちの心を躍らせる要素を持っていた。その初期の歴史に少しでも参加した人は、大人になってからも語れる「語り草」になることを知っているのだ。

話が脇に逸《そ》れたが、接見中の容疑者が監視者の眼なしに、面会室にいたということも迂《う》闊《かつ》なら、逃走に結構長い時間気付かなかった組織の仕組みもおもしろくて、私はその夕方退屈しなかった。私自身は、どんな話も、我が身のこととして聞く癖がある。

アフリカのジャングルの生き方も、砂漠の横断の仕方も、関東平野に豪雨が降った日、海に近い水門を開くかどうかまで、「もしかするとその知識が役に立つかもしれない日」のために、真剣に見ているという滑稽な性癖がある。その日、私は完全に逃げた容疑者の側に立ち、どこに隠れるべきか、どこで現金や食料を調達したらうまく行くか、私の番が来た時に、実際に役立つように見ていたのである。

「私だったら」逃亡はしない、というのが良識的な考え方だ。しかし、私は空想の中の自分が賢かったり、道徳的だったり、人情的に優しかったりする光景を思い描いたりすることがない。いつも自分は最低、最悪だから、何でもやるのである。空想の中にせよ、やらないだろうと思うのは、登山だけである。私は寒い空間も、体力を使って坂道を登るという行動も好きではない。

アクリル板一枚の境を作っておけば容疑者が逃げないだろうと思う発想の形に、私は驚きを禁じ得なかった。人間だけではない、動物は生きるためなら何でもする。

昔私の家では、元はノラだった雑種の猫を飼っていた。その猫が数日行方不明になった後で、体中脂でギトギトに汚れ、やせ衰えて帰って来た。水を与えると、バケツ一ぱいの水を数分がかりで飲み干した。近所の中華料理屋さんのギャベージ缶の中に閉じこめられて、食料になりそうなものは多少あっても水を飲めずにいたらしかった。この猫にはいつも逃亡の欲求があり、しかし最後には飼い主に頼るという方策しかなかったのだろう。

人間は基本的に悪いことをする要素を持っている。金は盗む。ヒトの荷物は盗ろうとする。命じられたことはやらない。物は片づけない。他人の所有物は、いい加減に扱う。うそはつく。

それが普通なのだ。だから世の中の人は、こうした悪人の心情を基本にそれを防ぐ制度を作る。悪は一面で大事なのだ。

戦後の日本の教育ではこの点で失敗した。教室で「皆いい子」と教えたからである。もちろん人間の善なる部分を理解しない人の生涯は不幸だ。しかし人間の悪を考えて、それに備えることも大切だ。悪を理解してそれに備えることは、悪を奨励することとは違う。

経済の安定、国防、警察機構、防疫、交通安全、すべて悪に備える姿勢が基本的に要る。アメリカでは受刑者が逃げる話が、ノンフィクションでも漫画でもてはやされているようだが、日本ではそういう不真面目な空気はあまりない。脱獄者が刑務所の屋上に逃げ、そこへあらかじめしめし合わせた知人のヘリコプターの迎えが来る、という話まであるそうだから、脱獄物語はますますおもしろくなる。

外国、ことにアメリカなどでは、脱獄レポートは一つの物語のジャンルである。海の中の島にある刑務所から、受刑者が脱獄しようとすれば、周囲の激しい潮の流れを読んで、人が陸地に流れ着くような日時に実行されねばならず、その基となる計算は一つの科学である。少なくとも科学的な見方をしたがらない私が囚人だとしたら、多分成功しないで海で溺れ死ぬことになる。

故にすべての脱獄、登山、非合法の越境、スパイ行為などは、この行為自体は非日常的だが、現実は冷静で日常的な計算のもとに行われなければならない。

その上にここで問題になるのは二つの両極である。

つまり作られた規則を守る、という人間の姿と、規則を破り、周囲の人間をあざむいて自分の行動を強行するという意欲との、実は双方を兼ね揃えて物ごとは考えられなければならないのが普通である。だから制度、装置などの外的な装備は、すべてこの二面性に対して有効なものでなければならない。

しかしあまたある人間性の中では、あくまで個人的な選択が行われることも認めなければならない。

面会室のアクリル板が形ばかりのもので、足で蹴破れば一瞬のうちに壊れるようなものであるということは、やはりそこに一種の怠慢があったのである。つまり拘束されている人間は、いつ何時、そこから逃走したいという欲求に駆られないものでもない、という人間性に対する考察が欠けている。むしろ拘束されている人は、逃げたいのが普通だろう。だから容疑者のためにもそうした逃亡が簡単に行われないようにするべきなのだ。

もう何十年も前になるが、ニュージーランドの田舎で「正直者の店《オネストショップ》」なるものがあちこちにあることに、新鮮な感動を覚えた。無人の小さなさしかけ小屋で、そこに近隣の農家でできた野菜が、「一笊《ざる》いくら」と値段つきで置いてある。さらに同じ小屋の隅には、カンヅメの空き缶に、お釣り用の小銭がたくさん用意してある。買う人は勝手に野菜を取り、代金を置いていく。小銭がない時は自分でお釣りをもらって行く。

とにかく、この手の無人販売スタンドがあちこちにあるのだ。ということは、野菜や釣り銭を奪うような不心得者はめったにいない、ということなのだろう。今日の分のパンが買えない貧しい人は、多分、そこに放置してある小銭の中から勝手に持って行くこともあるだろう。しかし、それはいい制度だ。貧しい人は物乞いをしないで済む。そして恵む側の人は、貧しい人に与えるという「金持ちの気恥ずかしさ」を感じないで済むからだ。

もっとも、このニュージーランドのうるわしい光景について私自身の反応は複雑であった。最初の感動が収まると、私はこうした美談に息詰まるようにも感じた。世の中に泥棒がいなくなれば、どんなにいい社会になるか、と人は言うけれど、そこにはちょっとためらうものがあって「泥棒がいる」という緊張も、人間にとっては必要なのではないかと感じていたのである。

私たちは、病気も、火事も、地震も、泥棒も、詐欺も、政変もない社会を望む。しかし果たしてそれでいいか、ということである。

昔、動物園の取材をしていた時、飼育されているライオンは長寿を保つことができない、ということを知った。ライオンには群の争い、餌を取る時の緊張感などが要る、というのである。しかし、動物園のライオンは何もしなくても、毎日一定の餌がほうり込まれる。

その頃、すでに見物の人間のほうが車輌に入り、放し飼いにされているライオンなどを見るようになっている動物園ができていた。人間が見物する車輌は、時々寝そべっているライオンにわざと突っかかって行く。そうでもしなければ、毎日決まった餌を与えられるライオンには、全く刺激がなく、健康に悪いのだそうだ。人間にも生きるのにいい刺激と、生きることを妨げるような要素の二つが身辺の周囲にあって、そのどちらも必要なものだという。

「悪の楽しさ」という言葉がある。人間は高度な精神性の構造を持っているから、自分がそもそも善だけを求め、善のみに属している、と真向から肯定するには無理がある。しかし大ていの人間は平凡に善なるものを、日々刻々求めている。善なるものを選んだという事実の背後には、悪なるものに多少の魅力を覚えつつ、しかしやはり善を選んだという自覚も要る。その時初めて人間は、善と悪との間をたゆたいながら、遂には善の地点で立ち止まったという自覚と自信を得るのだろう。

最近の私の生活は、平々凡々に過ぎている。昔から外に行くのが好きではなかったが、近頃は体力がないので外出するのがますます億劫《おっくう》になった。それで前よりよくテレビを見る。私の晩年に、テレビがこんなにも広汎な世界を映してくれるようになって幸せだとも思う。

八月十五日には偶然、『きけわだつみのこえ』(日本戦没学生の手記)を読み返した。朝、本棚で本探しをしていると、文庫の二冊が私の手許に落ちたのである。頁の端の方が日焼けで薄い茶色になりかけている。奥付を見ると、一九九〇年版だということがわかった。

これらの遺書の所々に、私が赤い線を引いている。こうした線は、私が晩年、視力を失う時の用意であった。赤線さえ引いてあれば、私の心に残った個所を容易に探し出して、他人に読んでもらえる。そう思っていたにもかかわらず、私はまだ視力があって読書が可能だ。こんな幸運は神に感謝してもしきれない。

故人の思い出と遺品

別れの時、親しい人に会った時、ふと、これが最後になるかな、と考えるのだが、私の年になるとそれほど特異な感情でもないだろう。

卒業式後、「ああ、あの人には長年ノートを見せてもらっていた。今日こそは『長い間ありがとうございました。おかげさまで卒業できました』と、お礼を言って帰ろう」と思っていたのに、式後ざわざわと人も多くて、改めて感謝を伝える折もなく別れてしまった。まいいや、この次のクラス会の時にでも言おうと思っていたが、私がクラス会に出る度にその人は欠席だったりする。ついそのままになっていたら、先年亡くなったとか、地方に転居したというような話を聞いたこともある。人生そんなものなのか。それとも私が人一倍律儀でないのか、今でもわからない。

学生でいるうちは、人生は長い年月だと思っていられた。

だから卒業式の日に、昔同級生から借りた千円を返すべきだったのだが、忙しくて忘れてしまった。まだいくらでも会う機会はある、と思ってそのままにしてきた、というような記憶を持つ人は、私以外にいくらでもいるだろう。ところがその後、或る日、貸してくれた相手が突然亡くなったことを聞いたりする。多額のお金ではないし、相手も経済的に困っていた様子でもない。まあ、千円はどうでもいいか。自分は一応律儀だと思っている性格の人でも、そんなことはままあるのだろう。人間の一生なんて実にいい加減なものだ、とこの頃しみじみ思う。相手に損をかけないつもりの生活も、傷つけない覚悟の暮らしも、簡単にはできない。

大学卒業の日に長年借りていた本を返し忘れた、というケースもよくあることだ。大したできごとではない。謝って、

「明日郵便で送るわ」

と言うと、相手は、

「今度会う時でいいわよ。あんな本、もうほとんど要らなくなってるもの」

「本当にそれでいいの？」

「いいの、いいの。それで充分」

こちらも、この次こそは返そうと思っている。しかし次のクラス会には私が欠席した。その次の機会は三年後、今度は向こうが欠席だった。そういう成り行きだってあり得る。

つまりその次のクラス会には、私が脚の骨折で欠席し、次の時は彼女が転居騒ぎの最中で欠席だった。その頃には、私がその本を、改めて新居に送るほどの情熱はなくなっている。場合によっては、相手か私かがそのうちに死ぬだろう。しかしそれだから、私が彼女の本を盗んだと言って責める人もない。本当に時の経つのは早い。

私の場合で言えば、私は生涯に書かねば、と思っていたテーマのはっきりしている長編を何作か、比較的若いうちに書き上げた。新聞の連載小説の一年分、三百六十五日分を使えばほぼ一千枚の長編になる。それは、ライフワークの作品の一つを書くのに充分な長さなのである。

しかし、それも早く書き上げておかねば、うかうかしているうちに期限切れになることを私は知っていた。

若いうちから、私は生涯の予定を立てる癖《くせ》があった。恐らく予定通りにはならないだろうと思いながら、それでも予定を立てるのである。

文学以外のことでは、私は物を片づけるのが好きであった。もっと率直に言えば、自分のものでも始末をするとさっぱりする。

亡くなった夫のものを捨てられなくて困った、という妻の話も何度か聞いた。夫の背広を仕立て直して、自分のスーツとして着ているという女性に会ったこともある。洋裁のできない私には、そんなことが可能なのかどうかもわからないし、そのような思い出に支配された服が美しいとも思えない。美しくない服は、時には社会悪だ。それくらいならバーゲンセールの日に、今年流行の服を一枚でも買ったほうがいい。

女性ファッションには一家言あった夫も生きていたら「そんなバカなことは考えない方がいいよ。服は実用主義では、きれいなものができやしないんだから」というだろう、と思う。夫は若い時、ファッション評論家になろうと思っていたが、それは若く美しいモデルさんたちとお友達になりたかったからだと「自白」している。

夫が亡くなった直後、私は偶然、東京山谷で、アルコール中毒患者たちの世話をしている人にあった。さんざん思い迷った挙げ句、「男ものの背広などご必要ないでしょうね。靴も……」と切り出してみた。すると、案に相違して、山谷でも背広が要るということだった。背広を着て、まともな勤めに出なければならないような働き口もあるのに、そういう人たちは応募の面接をしに行く時の背広がない、というのである。

それでは、というので三十着ほど、ほとんど傷んでいない背広を選んで届けた。靴も同じくらいあった。しかし靴はサイズの問題があるから、はける人を探すのが大変だろうなあ、と心配していると、

「いやあその辺にずっと並べておくと、まともな靴のない人が、通りかかりに適当に試し

てみて、合えばそのままはいて行きますから、ちゃんと要る人の手に渡るんですよ」

ということだった。

改めて考えてみると、私は或る人の思い出になる品物を残すことの意味がほとんどわからない。物と、その人の思い出とは、全く異質のものである。死後、その人の使っていた文鎮とか硯《すずり》というものを下さる方もあるが、私は墨で字を書かないので、硯も最近は使わない。文鎮というものは、自然の風の中か、せいぜいで扇風機の風の中で字を書いた人にとっては必要なものだった。しかし今や私の家でも、大体各部屋にエアコンがついているので、扇風機も使わない。

私を含めて今の人たちは、石ころのような硯をもらっても使う折がなく、足の上に落とせば大怪我をするだけだ。墨書文化は、もう完全に好事家《こうずか》の手に渡っているのだ。しかし、それならそれでいい。その人の存在自体が消えてなくなったわけではない。あらゆる時代に、あらゆる存在は、そういう運命を辿《たど》るものである。

心は長く保つ。自分の思い出の中でも……。総じて人間は人を愛したことも憎んだことも、得をしたことも損をしたことも、会えて嬉しかったことも別れて悲しかったことも、長く記憶している。愛用の茶碗を割ったことも長く覚えているかも知れないが……物やお金を失った時と人を失った時では、その悲しみの量が違う。だから真の資産は、物ではなくて人を知ることの感動なのだと思う。

とは言うものの、感動というものには全く価値を感じない人がいるのはもったいない。

一頃、私は毎年のようにアフリカに行っていた。一言でいうと、未開で、交通の便も、衛生環境も治安も悪い僻地ばかりである。

当時親しかった私の友人の一人は私のアフリカ行きの趣味を全く理解しなかった。彼女は徹底して都会派であった。世界の都市の中でニューヨークが一番好きだと言っていた。

何でアフリカに行くのが楽しいのだ、と聞かれるうちに、私は心の中で、その答えを用意するようになった。アフリカに行くと、人間が文明に向かって歩き出したそのスタート地点に立てるのだと私は説明することにした。

アフリカの荒野の夜は真の闇である。三百六十度見渡しても、どこにも灯がない。

そういう土地で野営した或る夜、私は自分の寝袋から起き出して飲料水の置き場に向かった。その晩、月は出ていなかったが、炊事用具と飲料水の置き場はおぼろ気に見えているつもりだった。私は懐中電灯を手にして、暗闇の中で足許だけを照らしてそちらに向かった。持って行った自分のペットボトルに飲み水を満たし、自分の寝袋の所に戻ろうとして、私はそれが途方もなく難しいものだとわかった。あたりは三百六十度、何の目印もない闇を湛《たた》えた荒野というか砂漠なのである。

後、三、四時間そこにうずくまっていれば夜が明けて、すぐそこに自分の寝袋も見えるはずだし、野営地の全体も見えるはずだ、と知りつつ、その時の私の恐怖は大きいものだった。人間は理論だけでは自分を保ち切れない、とこんなにもはっきりつきつけられたことはない。私は理性的人間ではなかった。

風通しのいい土

小学校六年生の時、初めて、土に種を播《ま》くという作業を学校でやらされた。大東亜戦争が始まっていて、大人たちは食糧不足を予感し始めた時代だった。「食糧増産」という言葉が初めて大々的に叫ばれたのである。

私たちは荒く掘り起こしただけの学校のテニスコートの地面に連れて行かれた。表土がはがれていただけの地面は、今にして思うと種を播ける状態ではなかったが、その理由さえまともに知っている大人の指導者は一人もいなかったように思う。

この時しゃがみ込んで、まだ堅い土くれをくずした小さなスコップ「移植鏝《いしょくごて》」は、生徒がめいめい持ってくるようにと学校から言われたものだったろう、と思われるが、その経緯さえ、私は全く覚えていない。今の私だったら、「こんな粘土質の肥料も入っていない土地に、種を播いたってダメですよ」と言うだろうが、土とは無縁に育った都会っ子たちは、種は播けば必ず出るものと思っていたのだ。

そのようにして、私たちのテニスコート農耕は無残な結果に終った。播いた種が生えた小さな双葉では、みそ汁の浮実にさえなったかどうかわからない。やっと一、二センチに伸びた小さな葉っぱは、盛大に虫が食い荒らした。

私はその時、心理的に農業という職業から敗退した。「才能がない」と感じたのだ。才能の欠如よりなかったのは、基本的な栽培法を教える技術者、指導者だったろう。

それから五十歳まで、約三十数年間、私は地面にしゃがみ込むこともなかった。地面を歩いてはいたが、土を見つめることもしない、指先を泥で汚すこともなかった。高慢な生き方だった、と言うべきかもしれないし、私は詩人ではなかったのだ。

しかし、その生き方が少し変わった。「少し変えられた」と言うべきだろう。私は五十歳を目前にして、視覚障害になる幾つかの眼の病気に罹《かか》った。最悪の場合は盲目か、それに近い状態になることを覚悟した。幸いなことに、私にはマッサージがうまい、という天性の才能があった。指先が自然に、相手の体の悪いところに行くのである。だから物を書く仕事ができなくなっても、「社会のお荷物」にはならず、指圧師として少しは「お役に立つ」暮らしができるだろう、とそれだけは最大の慰めだった。

私は眼の手術を受け、ドクターの「神技」のおかげで白濁した水晶体を取り除いたので、生まれつきの近視まで治るというすばらしい結果を贈られた。あまり美談にしてはいけないだろう。ドクターの腕のおかげもあるが、私の生まれつきの網膜が眼科的に見ると、健康な状態で残っていた、という幸運もそれに加わったという。

眼が見えるようになったので、私は作家の道に戻ることにした。しかし一つだけ、眼の不調が出る以前にはなかった生活上の習慣が私に残っていた。私は「種まき人間」になっていたのである。

実は種を播くには、準備が要る。苗を植える前にも「床」を整えてやらねばならない。床ができれば、播種《はしゅ》の仕事など済んだようなものだ。

土の整備が園芸のすべてであった。まず土の性質を整える。土が酸性かアルカリ性かを調べて、調整するのである。日本中の土がたいていは酸性土壌だから、酸性土壌を好むツツジは、土に何ら手をかけなくても、日本中に生えている。

しかし畑の作物は、そうではない。だから耕作初心者は、まず畑に一握りの石灰を撒いてアルカリ成分に調整することを教えられる。花咲か爺さんの心境だ。私も初めての頃、畑のついでに庭中の木に石灰を撒いて、素人にはないほどの配慮をしたつもりになっていた。ところが我が家の庭にもツツジがかなり多い。ツツジは生えている土をアルカリ性にされて迷惑しただろうが、それでも数年間元気を失っただけで、無知な私の暴挙に耐えた。

後年「名園」と名のつく庭の管理法を見た時、落ち葉はその近くの繁みに戻してやれば、自然に肥料になることを知った。こういうことは、小学校六年生までの教科書で教えるべきだ。

一時的な視力障害だった頃、私は東京の家の庭に花を植えるつもりで、庭の芝生を二坪分ほど剝《は》ぎ取ってもらった。芝生を剝ぐという作業は女手にはむずかしいものである。当時、健在だった夫は、花を植えると聞くとあからさまにしかめ顔をしてみせた。戦争中の飢餓を知っている彼らの世代は、食べられるものには価値を感じているが、花のように「食えもしないもの」には全く魅力を感じないと言うのである。

それでも私は「敢然」と自分の趣味を押し通した。ただそこにいささかの妥協をした証拠に僅《わず》かにできた花畑の一部に、トマトとナスの苗を植えたのである。

専業農家ほどの面積を作るとなると畑仕事は大変だが、夏野菜の五本や十本植えるには、鍬《くわ》もなくて済む。移植鏝《いしょくごて》と呼ばれる子供のお砂場用の小さなスコップでも、苗は植えられるのである。

私はずるく考えて、移植鏝で可能な範囲に家庭菜園を留めることにした。素人が何かを始める時、道具立てを派手にするとバカに見える。あくまで素人の趣味の範囲を逸脱しなければ世間は寛大なのだ。

私はまだ視力を回復しないうちから、園芸の本を買ってきて初歩的な知識を身につけた。

視力があれば本を読んだろうが、それがないうちは、本を一、二行読んで役に立つようなものしか読めなかった。園芸の本はまさしくそれに該当した。

「どうしてそんなことを知っているの？」と視力障害者に優しい友人は驚いてくれ、「だって簡単な本を買ってきて読んでいるから」と言うと「見えないあなたに、どうして園芸用の本が読めるの？」と訝《いぶか》しがった。当時私の眼は百字も読むと、眼底が激しく痛むので、私は必要なところを、ほんの一、二行ずつ読んでいたのだ。小説や随筆には向かないが、実用なら一、二行ずつ読んでも、立派に役に立つものが多い。農業に関する本も、料理の本も、この視力で少しは役に立った。小説というものは、この事態が示すように、無駄な部分が多く、しかしその無駄に淡い意味合いを持たせるべきものであった。

トマトもナスも、ナス科の植物だから連作はできない。連作障害について、素人はほとんど体験がないから、冬から春にかけて堆肥や肥料をたくさん入れれば、同じ土地に去年と同じ作物を作れるだろうと思う。

もちろん連作できるものもある。大根や葉物など、家庭菜園の程度なら続けて作れるだろうと思うが、原則として同一作物は同じ土地に蒔かれるのを嫌う、という体質は何事だろうと思う。人間なら愛される人々は徹底して愛される。しかし気に食わない職場の同僚は、相手が地方支店に転勤にでもなれば、ほっとできる。むしろ一生ずっと机を並べて仕事をしたいと思う同僚の方が珍しい。

この事実から、あらゆる「存在」というものは必ず毒を含むと考える方が妥当なようだ。だから「淡いつき合い」「節度ある友情」などが評価されるのだ。

私は人生で今までに、誰もがいつも一緒にいたいと思うような、温厚な性質の人にも数多く会った。しかしおもしろいけれど十二時間以上一緒にいると疲れてしまうだろうな、と思うような人もけっこういて、私はその個性を高く評価した。

性格は一応当人の責任でもあるが、百パーセント当人のせいでもないだろう。小さなことだが、私はどちらかというと早口だが、私よりもっと早口の人もいる。喋り言葉のスピードというものには、善悪の標準がない。世間の標準に合わないものは標準に近づけるようにした方がいいが、規格外の性格がその人の個性になって大きな仕事をさせる場合もある。

人間は或る程度孤独でいた方がいい。その方が迷惑をかける比率が少なくて済む。しかし迷惑はまた、或る程度かけた方がいい。その時の負い目がお互いの人間を熟成させる。

土に関して素人が見過ごしている大きな特性は、耕作に適した土壌はよく耕されているべきだということだった。粘って固まった土ではいけない。十分に鋤《すき》が入れられていて、空気を含み柔らかくなっていなければならない。

それはまるで、頑なな人の性格を戒めているようでもあった。他者の言うことは「聞く耳を持たぬ」という感じの老人は世間にいるものである。しかし土は空気の通りがいいことが好きだ。日ざしも入るだろう。柔らかければ、モグラもミミズも繁殖しやすい。

モグラに関しては根を嚙《かじ》る程度の害しか知らないが、畑仕事をする人はミミズを愛する。ミミズがヒモの塊《かたまり》のようになって出てくる土地は、よく肥えたいい土なのだ、という。素人風に考えても「風通しがいい」ということは、人間の性格においても、土壌に関しても貴重な条件なのだ。頑なだと他者の存在を許さない。

社会主義国がそうである。雑多な物の考え方を許容しない。そういう土地に生まれなかったこと、そういう土地で仕事をしなくて済んだこと、それだけでも私の人生は成功だったと、私は畑仕事の範囲を逸脱した喜び方をしたのである。

オリンピックにわか記者

年に一、二回、趣味だの、仕事の生活ぶりだのを聞かれる。まさにそういう年齢になったのである。壮年時代の作家生活には、趣味などにかかわっている暇がない。

私程度の、才能もほどほどの作家だって、それなりに苦労して書く。出版社の人たちは、作家の才能の湧出《ゆうしゅつ》量など、あまり忖度していないから。

才能に溢れている人は、流行作家になり、軽く一日に、四百字詰め原稿用紙三十枚は書いていた。三十枚は新聞小説なら十日分、ということだ。それだけの量を、東京・大阪間の新幹線の中でも書けなければだめだ、と言われた。それ以上の速度を必要とする人は、秘書を同行し、列車の中でテープに原稿を吹き込むと、講演先で秘書が原稿に起こし、それを東京に送るようなやり方をしていた。今はもっと早い方法がいくらでもある。

大昔、或る流行作家の家に、珍しくおじゃましていた。優しい方だから、奥さんの友人とみなされた私たちの席に加わっておしゃべりをして下さった。

数十分すると、家の外にオートバイの音がした。するとその作家は何気なく「ちょっと失礼」と言って、奥の方に消えた。席を空けた小一時間の間に、その方は、朝刊用の小説、二日分くらいは書いて、先程やってきて待っていたオートバイに持たせて帰したのである。今はもっと便利な方法があるのに、と思うが、こういう苛酷な生活を普段からしているから、オリンピック用の原稿くらい、プールサイドで、読み返しの時間もなく書けるのだとも言える。

一九六四年の東京オリンピックの年には、普段スポーツとは無縁の作家たちが、たくさん観戦記事を書くために狩りだされた。専門のスポーツ記者と呼ばれる人たちは大切な場面に張りつけておかねばならないから、言い方はいけないが、マイナーな競技の観戦記事など書くのは、私たちのような素人で済ましておこうということになったのだろう。同じ状況は今度も起きるはずだ。

私はその年、三十三歳だった。私もスポーツは何も知らない。大松博文《だいまつひろふみ》監督率いる「東洋の魔女たち」の出るバレーボール記者席に着いたら、隣の人は他社の記者だった。そこは記者席だったのだ。

選手たちが入って来て驚いた。私の学生時代バレーボールは九人制だった。それが六人しかいない。私は記事を書く基本的知識もなかったのだ。

仕方なく私は隣の記者に目をつけた。名刺を出しながら自己紹介をし、ついでにスポーツに無知である言い訳をし、「六人制になると、九人制と違うルールがありますか?」などと恐る恐る聞いた。するとこの記者は、ほんとうに親切に、六人制のルールを教えてくれた。たいした違いはなかったが、私の不勉強は土壇場でその人に救われたのは間違いないことであった。

水泳が行われたのも、夜であった。母が私に大きなサンドイッチを四切れほど持たせてくれた。プールサイドで私はやはり俄《にわか》記者として狩り出されたに違いない別の書き手に会った。遠藤周作氏である。私は嬉しくなり、「遠藤さん、ご飯ろくろく食べてないでしょ?サンドイッチを上げましょうか」と言った。すると嬉しそうに「くれよ」と言って下さったので、けちな私は四切れのうちのたった一切れを上げた。

とにかく私たちについてくれた新聞記者たちは大変だった。丸っきり基本的に知識がない書き手に、どうやら通用する原稿を書かせねばならないからである。彼だってスポーツの専門家ではないらしいのだが、それでも記者という人種は大したものだ。現場に行けば何でも書けるのである。

原稿はプールサイドの薄暗い隅っこで書いた。各新聞独特の一行十二文字詰めみたいな奇妙な原稿用紙に、数行書くと一枚、すぐに取り上げられて社に送られる。読み直しするひまはない。それほど朝刊の〆切が迫っている時間帯なのだ。

それでも、書き直しをせず、どうやら決められた字数に書くだけの訓練を、作家なら受けていたから動員されたのだ。もちろん、後で本職の記者が、原稿の最も大切な部分には目を光らせてくれる。三・八秒を三十八秒などと書きかねないのが、素人記者の原稿の危険なところだ。

遠藤周作氏だって当時はまだ壮年だったが、氏の観戦記事にも係の記者がどきっとしたという。私たちは、それぞれ別の社からその夜、背泳の記事を書くために送られていたのだが、遠藤先生の原稿には「号声一発、ザンブと飛び込んだ」というような部分があったという。そういえば、背泳だけは飛び込まず、選手は初めからプールの中にいて、スタートで壁を蹴って泳ぎ出すのである。

遠藤先生係の記者は、青くなったろう。もしそのまま原稿を載せたら「お前んとこの社は、実際の試合もお見せしないで観戦記事を書いてもらったのか」と読者からの投書が来るに決まっているからだ。

新聞記者は礼儀正しく慎ましいが、作家たちは責任のなすり合いだ。遠藤先生も犯人はすぐ私だとおっしゃったらしい。いや私ではなく、私がさし上げた母の手製の巨大な野菜サンドイッチだとおっしゃった。

試合は待つほどに、単なる観客の方は誰でもお腹が空いて来る。それで遠藤先生は、私がさし上げることになった母の田舎風サンドイッチを召し上がることにした。頬ばるには、多少俯くことになる。その瞬間にスタートの合図が鳴った。つまり先生は現場にいらっしゃりながら、選手のことは見ていらっしゃらなかったのだ。

もちろん、私たちは書くという仕事の専門家だから、どんな原稿の間違いもたちどころに直せる。

背泳の選手だけがスタート前から水に入っているなんて、常識では認識しなかっただけなのだ。そしてこの程度の内容の訂正なら、ほんの数秒の書き変えで正確になるのだ。だからその社の観戦記事には何の不都合も生じなかったはずだ。もっとも私の夫は、当時その話を聞くと、

「勿体なかったなあ。その原稿のまま出しゃ、唯一無二の個性的な観戦記だったのになあ」

と嬉しそうに言った。

オリンピックでは、マスコミもどこもがしのぎをけずり、疲労で動けないほど無理をするし、失敗も間違いもする。しかし失敗や間違いが人生そのものだと、私はまだ信じているのである。そして俄かに駆り出された私たちのような素人記者は、必ずと言っていいほど間違いを犯し、それでも周囲のベテランに支えられて、何とか書き手としての機能を果

たす。オリンピックの間、運営委員会はもちろん、マスコミの末端まで非常事態なのだ。

個々人の人間の価値は、決して学力でも運動能力でも決まるわけではないが、通常は陸上で生活する人間という動物の、水中の運動能力で優劣が計られるなどという、架空世界を楽しめるというのも又、人間の才能の広さに拠《よ》るのであろう。

マラソンの戦いでアテネの勝利を伝えたフィリッピデスという男は、アテネまで四十二・一九五キロを走り、「勝利した！」と一言伝えると、そこで息絶えたことになっている。マラソンとは、走り切った走者が死ぬほどの距離なのだ。現代に生きる私は「だから自動車を使えばよかったんだ」と改めて思っている。そんなに長い距離を走るのに、数秒の記録に一喜一憂しているのはおかしい、と思うのだ。

私はまだまだ自分の足で四十二キロ余りも歩いたことさえない。アフリカの岩場を一日に二十キロ、野営してまた二十キロ歩いて帰ったことが、唯一の記録だ。

つまり、人間の歴史というのは、知性の記録のみが問題にされ、動物的能力は年月と共に衰えて行って、しかもそのことに危機感を抱いていなくても平気らしい。

オリンピックは人間の体が受け持つ能力の範囲とその意味を、改めて思わせてくれる。

私としては、マラソンを観戦する度に、四十二キロ余りの距離を半時間余で誰もが移動できる時代に生まれ合わせたことを深く感謝している。しかしその距離を改めて自分の足で移動してみようなどとは決して思わない。

そうした人間の能力に関して忘却した部分を思い出させてくれるのが、私にとってのオリンピックなのだが、そんな原始的な感動の話は、誰とも今までにしたことがない。

私はなんにでも「ありがたいなあ」という癖があって、時々笑われるのだが、オリンピックもまさにその機会の連続なのだ。

「重量挙げ」など見ると、「背骨に悪いから、フォークリフトをお使い下さい」と心の中で言っている。しかし口には出さない。人が一生懸けて愛したことを否定するのは、金輪際許されないことだ、とも知っているからだ。

人生の持ち時間

大東亜戦争の終わった一九四五年、私は十三歳で石川県の金沢にいた。母は福井出身、父は純粋の東京人である。地方には知人はいたが、縁者はいない。それなのにどうして私が金沢にいたかというと、もちろん激しいアメリカの空襲を避けるために、母が知己を頼って金沢市内に部屋を借りたのである。

金沢へ疎開したのは五月初め。その年の三月頃からアメリカ側の日本本土空襲は激しくなった。Ｂ29と呼ばれる爆撃機は悠々と富士山を目標に日本の上空に侵入し、富士の山麓で右折して東京を目指す。その当時の戦前の東京は、今よりもっと完全な木造家屋ばかりの薪の山だから、焼夷弾攻撃をするのに恰好の標的であった。それに対して、日本側の対空砲火は全くないと言ってもよかった。

東京では実際の空襲が始まる前に、アメリカの編隊が伊豆半島の南に到達すると警戒警報のサイレンが鳴る。大体、夜の九時少しすぎに決まっていた。そこで子供の私も目を覚ますか、母に起こされ寝巻を服に着替える。慌てることはない。「本番」になるまでに、三時間以上あるのである。

一九四五年の三月を過ぎると、空襲は毎日あるようになった。戦前の家だったから、我が家には小さいながら庭があり、父母はそこに普通のうちより少し広い防空壕を作った。

一般的に言って、一番小さいものでは、地面に掘られた人間の巾《はば》だけの溝に蓋《ふた》をしたようなものもあったが、父母が作った防空壕は中が四畳位の面積があり、生き埋めになった時のために非常用の脱出口もあった。小さなトンネルの先の石を落とすと、石は公道に向かって落ち、人間が道路に出られる逃げ道ができるのである。壕の入り口には、ドラム缶ほどの飲料用水のタンクもあった。毎晩空襲があるようになると、母は夕飯の時についでに梅干し入りのにぎり飯も作り、それを竹笊《たけざる》製のお弁当箱に入れて空襲に備えていたが、実際に空襲が長引くことはなかった。アメリカは深夜前に、目標にした都市の空襲を終えると、その日の勤務は終えたとばかりに南方洋上に去って行った。

日本人の側も、それなりに生き方のテンポを覚えるようになった。母は子供の私をできるだけ眠らせるために、服を着せたまま蒲団に入れた。こうしておけば、頭上にあの独特なB29爆撃機の爆音が虫の羽音のように聞こえるようになるまで、蒲団の中においておける。

終戦の三カ月前に私は東京を離れたのだが、その直前は、宵のうちから防空壕の中に寝させられていた。家の中では毎晩空襲警報が鳴る度に叩き起こされるので睡眠不足になったのである。

ずっと壕の中で暮らすという生活を初めから選ばなかったのは、壕は半地下式でも、湿気が凄まじいからであった。十センチ角くらいの材木が数年で腐るほどの湿度である。当時は、電気を引いて除湿器を動かすなどという設備は考えられなかったから、壕の中で生き延びても、人間そのものが腐りそうな湿度だった。

防空壕の暮らしは私にとって、おままごとか、「何とかごっこ」の一種だったかもしれない。ピクニックに行ってテントの中で寝るとか、友人のうちでかなり夜遅くまで物干し台の上にいることを許される夜のようなもので、何となく楽しくもあった。

もちろん、空襲がひどくなると、死の予告めいたB29の音もわかるようになった。あんな大きな爆撃機が急降下するわけではないだろうが、自分の真上に飛んで来る時には、アイロンをかけられるように、凄まじい爆音が迫って来る。それがつまり死の予告である。

一思いに死ぬのはいいが、数秒間死ぬかと思わせられた挙句に殺されるのは嫌だった。私は幼い時から、いびつな家庭に育ったので、死ぬことは何度も覚悟したが、日々、死を予期させられるのは嫌だった。恐らく死への願望のある人でも、「死ぬぞ」とか「殺すぞ」

とか言われて生かされているのは嫌なはずである。

私の若い頃、比較的短期間に生命にかかわる病気はまだ存在していた。主なものは、結核である。中でも粟粒《ぞくりゅう》結核は凄まじいものであった。

今まで普通の生活をしていた人が、急に或る時、高熱に侵される。知人の東大生もこの病気だった。かなり早いうちから粟粒結核だと親には告げられたらしい。しかし当人は風邪が長引いていると思っていたようだ。まだ特効薬といわれたストレプトマイシンが知られる以前のことである。私はまだローティーンであった。

或る日、母は私を連れてその人の見舞いに行く、と言った。私はまだ半子供で、母がベッドの上の人と喋っている間、私は手持無沙汰に病室の中にいた。彼とだけ喋るほど大人でもなく、子供っぽい話をしたくもなかった。

あの頃、私が知っていた数人の人が、特攻隊で死んだ。特攻隊に加わるらしい、と周囲は知っていたのだと思うが、それでも誰もが彼は戦地から帰って来るという予定で喋っていた。少なくとも、そういうシナリオの許《もと》に顔を合わせていた。誰も、それ以外の筋書きだったらまともに話したりできなかったろう。

粟粒結核も、特攻隊と同じくらいの正確さで進行した。

この人は、それから二月もしないうちに、医師の診断通り亡くなった。今考えても、家族と、何より当人の無念さが思いやられる。彼は充分に若く、したいこともたくさんあり、愛する人もいたかもしれないのに、彼は生きられなかった。

最近では「年寄りになる以前に、死ななければならない人」は例外になった。私の父母も、夫も、夫の両親も、皆八十歳を過ぎてからの死である。

楽な死というものはこの世にないかもしれないが、彼らは一人一人どうやら乗り切れる範囲の病苦の元に息を引き取った。その理由は、長寿だったように私は思う。

長寿というものは、充分に熟れた果実の運命のように見える。枝を離れる時に抵抗がないのである。我が家にも樹齢百年は超している柿の木があるが、熟した柿が落ちる時には地面が呼んでいるように見える。だから柿の実も喜んで落ちる。そこには何ら抵抗がない。実が地面でつぶれている時、実と大地は合体するのを喜んでいるようにさえ見える。

だから私たちは、人間が皆長寿を生き、柿の実と大地との合体のように自然に死ぬことを望んでいる。

しかし現世は、必ずしも望み通りには行かない。人間社会のさまざまな機能が、人間に長命といわれるものを全うさせない。

戦争を肯定するわけではないが、決して望まなかった戦争でも、人間は誰もが無残に死んだわけでもなかった。今この平和な時代を生きてみると、そのことがよくわかる。私たちの多くは、死を意識せず、死から学ぼうともせず、死ぬまでに愛を示すこともなく、死ぬまでの時間を有効に使おうとも考えず生きている。そして悔やみもせずに人生の持ち時間を終えるのである。

私はカトリックの学校に入れられたのだが、その私立学校の偉大さは、子供の頃から私たちに「死」を教えたことであった。

人間は死すべきものであった。人生は無限ではなく、有限である。人生は、明日突然、取り上げられるかもしれない有限の日々の連続である。それならば、今日、人は何をするかを自然に考えるようになるはずだ。

子供に死など考えさせたくない親もいるかもしれない。しかし死を考えない人間は、完全な生を考えたり、希《こいねが》ったりすることもないだろう。

生は、死と対の観念である。だから生を知るためには死を学ばねばならない。私たちが刻々死に近づいている意識を持てば、刻々の生の重さも手応えとしてわかるだろう。しかし死への意識がなければ、生の実感もない道理だ。

私は幸いにも九十歳に近いこの年まで、重病をしなかった。病気にならないということは、自分にとってよかったというより、社会に対して非礼をはたらかなかったことにしてもらえるかもしれない。

しかしその割には、私は現実の生をうまく使い切ったとも思えない。私は終始疲れ、働くのも考えるのも嫌になり、蒲団に入って寝ることばかり考えていた。

自分の一生は一体何だったのかと思うことは永遠の知的作業だ。有意義な一生ではなかった、という自覚をもつだけでもいい。私は一生よく働いて来た。それだけ言って終わりだ。

英作文恐怖症

私は典型的な小市民の家に生まれた。父はサラリーマン、母は北陸の港町生まれで、実兄が事業をするために戦前の東京に出てきたのを機に、東京の女学校で学んだ。

昭和十年頃、父母は当時売り出し中だった東京郊外の私鉄沿線に土地を買って家を建てた。麹町、麻布などには手の出ないサラリーマンたちがどうやら買える値段のところである。以来、父母はずっとその土地に住み、一人娘の私がその土地を相続した。

戦前の家だから、少し庭がある。父母はその庭に芝生を張り、植え込みとの間につつじなどの灌木《かんぼく》を植えた。何もかも当時の典型的な暮らし方である。しかし昭和二十年に近くなると、日本は食糧難になったから、どの家も庭の芝生の一部を剝がして、ジャガイモやサツマイモを植えた。どちらもよくはできなかったが、少しは採れて俄《にわか》園芸に乗り出した持ち主たちは満足した。

終戦の時、私は十三歳だった。もう少し年長だったら、私は農耕の本を読んで、ジャガイモやサツマイモをもっと多く採る方法を学んだだろう。土地に石灰を入れることや、連作障害についても知っただろう。しかし、当時の俄耕作者たちはそんなことをほとんど知らなかった。

やがて私は小説に溺《おぼ》れるようになり、学問する気も薄れるようになった。英文科で学んだので、英語の記事は、わからない単語は飛ばしたまま読むが、英語で人前に出せるまともな文章を書く自信はついぞ身につかなかった。ことに私は、日本語の「作文」がやや達者になったので、それと反比例的に、短い手紙さえも英文で書く気を失った。きっとひどい文章になっているに違いないと思うから、英作文恐怖症になったのである。

私が九歳になった昭和十五年、日本は日独伊三国同盟を結んだ。

田舎育ちの母は、知人に「これからはきっとドイツ語の時代ですね」などと言われると、本当にそう思い込んだらしい。現在、世界に共通する言語がもしあると考えるなら、どう考えてもそれは英語かフランス語、少し視点を変えればスペイン語なのに、母は私にドイツ語を習わせることまで思いついた。

当時は、旧制高校でも「乙」と呼ばれてドイツ語を主たる外国語とする科があった。「文乙」は「ドイツ語を使う文科」で、「理乙」は「ドイツ語で学ぶ理科」だった。だから私にアルバイトとしてドイツ語の初歩的基礎を教えてくれるような学生さんは、どこにでもいた。

幸か不幸かドイツ語の発音は、いかにもドイツ風のルール通りであった。「e・i」は「アイ」、「・ie」は「イー」である。その点、英語もフランス語も身勝手なものである。

幼稚園の時から英語しかできない修道女に育てられたから、私は外国語に恐怖を覚えることはあまりなかった。遊ぶときは英語で「ロンドン橋、落ちる、落ちる、落ちる」と歌った。しかし、日本語と同じ程度に外国語をマスターできるとは夢にも思わなくなった。最初から諦めたのである。それだけ私たちは、子供でも「外国通」だった。

私がそう思った背後には、学校の同級生に、いつも日本語のできない生徒がいたからだった。

生まれてこの方ずっとパリやニューヨークで暮らしてきた女性は、純粋な日本人でもフランス語や英語が母国語になるからである。こういう人たちのフランス語や英語は身についている。生活にもなじんでいる。もちろん、その代わり彼女たちは、日本語を使うのに苦労していた。

私はこの英語で育った同級生に、

「『そこらへんのところは、まあ色々とおありでしょうけれど、何とか皆で丸く収まりますように、よろしくお願いいたします』って英語で何て言うのよ」

などと、わざとイジワルな質問をしたりしたが、彼女たちはためらうことなく、簡略な答えを与えてくれた。

この頃から、私はますます外国語に対する畏敬の念を深めると同時に、自分が英語使いになることは諦め、それならば少なくとも日本語の使い手になるのは当然だ、と思ったのは事実である。

学校には、時々「偉い人」が来た。カトリックの枢機卿とか、外国の大使とかである。すると生徒の代表が英語で挨拶をした。そのときに私が「大変だ」と思ったのは、英語の尊称の使い方であった。もちろん学校では、代表に選ばれた生徒の「歓迎の辞」や「感謝のご挨拶」の中で適当な尊称が使われるように、外国人のシスターたちが教えていた。しかし学校を出てしまえば、将来社会で、私は「大使閣下」とか「大司教様」とか英語で何と呼ぶべきなのか。調べようと思えばそれ専用のアンチョコの本があることは後日わかった。ましかし「偉い人」とくだけたお茶の時間に喋る時、その重々しい尊称はどうなるのか。まあそのままでいいのだろうが、もし私が酔っ払った時には、相手に対してどういう呼び方をするのか。

私は当事者になったことがないから気楽だが、一日本人としてなら推測できる。世の中にはこんな言葉遣いをする人もいるのだ。

「おい知事！　いや失礼しました。知事さん！　知事閣下！　あんたね、うちの前のドブ板、まだ直してくれてねえんだよ。そのうち、オレはあのドブに落ちて足折るからな。知事のご学友が、設備の悪いドブにはまって足折るんだよ。何度もドブの改修に関する要望書出してんのにさ。おい、能なし知事！　聞いてんのか」

となるのか、ならないのか。想像するだけで、まあこういう場合もあるかとは思うが、これを適当な英語で言え、となると私は全くお手上げだ。上等な言葉づかいも、下品な会話も自信が持てない。

もっともこういう不安については当時、夫が私に対しても嘲笑的に言っていたものであった。

「あんたは英語の小説を読まないからわかってないのさ。僕は英語でさんざんヒマツブシに推理小説とか西部劇とかを読んできたから、習慣も言葉づかいもそれでかなり覚えたよ」

言葉は、実に自由なものであった。ちゃんと意識した上でなら、上品な言葉も、下品な表現も全く自由に使える。

学校を出てから、私は社会で、生まれも育ちも庶民の想像を超えた名家で育ったような女性たちと何人も知り合った。社交のためではない。私たちは、共通のある目的のために働かねばならなかったのである。その目的とは、多くの場合、アフリカなど途上国の支援のためであった。言うまでもない。そうした全ての仕事を、皆が「手弁当」でしていたのである。

そこで私は、何人もの名家の夫人たちと知り合った。私と同じ学校の卒業生も多かった。我々の母校はカトリックの修道会が経営する学校で、一学年一組五十人くらいしかいなかったから、数年上級生でも下級生でも、お互いが名前や顔を知っていた。

私たちは支援の仕事をしながら、女らしいお喋りを楽しんだ。中には生まれも、結婚した家庭も、日本の最上級クラスに属すると思われる家庭の夫人もいた。しかし話すことは、失敗談やら夫の悪口やら、少しも偉ぶっていなかった。ベランメエ調で、教会の聖職者の悪口を言う人もいた。批判的であったが、それらは悪意のあるものではなかった。

それでいて仕事を終えて帰る時になると、その人たちは常識的でけじめある日常に立ち返った。私たちは渋谷の近くの最高級住宅地の一軒家に集まって、よくボランティアの仕事をしていたのだが、時間についてはだらしなくなかった。十時に集まって十一時半までと言えば、十一時四十分にはもう、その家の門の前に立っていた。

そして中の一人が言うのだった。

「今日は本当にありがとうございました。またよろしくね」

「お騒がせしましたけれど、おかげさまで捗《はかど》りました」

「じゃ、また来週ね。ごきげんよう」

「ごきげんよう。さようなら」

間もなく十二時だから、ちょっとデパートでご飯でも食べていかない？　などと言う人はいなかった。みな家に帰って、午後はそれなりの来客や、料理などの仕事があるのだ。それは折り目正しく、きちんと働いている人の身のこなしで、決して世間が誤解しているような、時間とお金のありあまる「有閑夫人」たちの反応ではなかった。

私は時代の貧しさと自身の小心さから、意外と働いてきたのだが、怠惰が裕福な階層に多いということは全くなかったことを見られたのも、望外の幸せだった。

第3章　家族の体温

夫・三浦朱門の死

入学試験とか、結婚とか、就職とか、節目をうまく乗り越えた人に会うと、世間は「うまくやったね」というような感慨を漏らす。努力も必要だが、人間その人の自力だけでは必ずしもうまくいかないことが運命の上では多々あるからである。

夫・三浦朱門の死を考えると、私は、あの人は何とうまくこの死という最後の難関を超えたのだろう、と思わざるを得ない。世間には、妻に先立たれたり、子供の死を見送ったりする苦しみを味わう人もいるというのに、三浦朱門は、家族の誰一人失うという悲しみを味わなかった。それだけでも幸運と言えるのに、人生の終わりに当たって、ほとんど苦しまず、裏切りにも遭わず、深い憎しみを持つ相手など一人もいず、何より一切の雑用もせずに、好きな我が家にいて、ありがとうを繰り返して死んだ。

九十一歳という高齢まで一応健康で、人間らしく毎日を過ごせたということも、どんなにすばらしいことだったろう、と途上国の暮らしをしばしば見て来た私は思う。適当に質素な食事をし、知的刺激に全く事欠かなかったからこそ、死の間際まで自分の足で歩いて本屋通いをする楽しみも叶い、高血圧でも糖尿でもなかったから好きなものを食べ、歯も全部自前であった。視力も十分にあり、薄暮の中で眼鏡もかけずに本を読んでいた。これらはほんとうの豊かな社会の恩恵を受けた結果だ。

死の一カ月前頃から、どんなものを出しても食べなくなる拒食症が始まった。私は今日は何を作ったら彼が一口でも食べるかとそのことばかり考えてくたびれていたが、後で考えると、人間の命脈が尽きる運命にある時は、もう食事をしないのが自然なのかもしれない。

二〇一五年十二月八日、まだ暗いうちに、門まで新聞を自分で取りに出て、玄関先で倒れたのが、異変の始まりだったが、それでも顔を打って片目に青痣を作ったあとも、彼らしさは失われていなかった。我が家の会話は、昔から普通の家のものとは少し違っていたようだ。私たちは喋る時にも、多少相手を楽しくさせる要素を加味することに馴れていた。目の上に青痣《あおあざ》を作った後、彼は家族以外の人に、「三浦さん、どうしたんです？　その青痣は」と聞かれると、大喜びで、「ええ、これは女房に殴られたんです」と言うことにしていた。

その日以来、私は朱門の看護人になることに専念して、約一年一カ月の間、外の仕事もあまりせずに家の中にいた。私は外向きの女房と思われていたが、穴蔵のタヌキみたいな暮らしをしてみると、こういう生活が自分の性格にかなり向いていることもわかった。もっとも私は更に長い年月、持久戦で看護人を続けるつもりだったので、途中で二週間だけ、自分の精神の健康を保つためにフランスに行った。留守は息子の妻に頼み、向こうでは知人のニースのマンションに転がり込んで暮らしたのである。

私は町へもせっせと歩きに出かけたが、窓から見える「イギリス人のプロムナード」と呼ばれる地中海に面した海岸沿いの道にある小児病院の光景を毎日眺めていた。私はその風景の中に、人生について廻る深い悲しみに胸をえぐられる思いで、日々を過ごしていた。夫のように高齢で死に向かうのは自然だが、幼くして亡くなる幼児たちの運命が、私には無情・無法に思えて心が震えた。

日本へ帰ると、私は朱門をおいてどこへも出かけられなくなった。私は三浦半島にある海の家で、毎日一日として同じ色を見せない夕陽を眺めて過ごすのが好きだったが、明け方に朱門が玄関の外で倒れていた恐怖が抜けなくて、東京の家を空けることができなくなった。冬に向かって誰も気づかずに放置されれば、凍死していたかもしれないと思うのである。しかしこれでは、何年も長期戦になるだろうと思われる看護の暮らしは続かない。

誰もがそうだが、朱門も自分の家が好きだった。十数人の会食や集まりのできる階下のやや広い部屋を、今は朱門一人の病室にしたので、車椅子も楽に使えるようにはなっている。彼はそこを居場所と思い、朝から午後まで窓いっぱいに差し込む陽差しを受けて、庭の梅の花を食べに来る小鳥や庭木を眺め、窓の下に生えている小さな家庭菜園の伸びすぎているホウレンソウの畑の悪口を言い、ベッドの周囲にうずたかく本を積んでおける生活が好きでたまらないようだった。

朝は四紙の新聞を待ちかねて読んだ。十時過ぎの郵便やメール便で、週刊誌や総合雑誌が届けられるのも大きな慰めだった。この居室はドア一枚で台所とつながっていたので、私が煮物をすればお醬油の匂いは流れて来るし、私が喋っていれば、耳が遠いので、その内容を聞き分けることはできないまでも、何となくその「喧《やかま》しい、賑やかな」気配を感じられたらしい。

「僕はこのうちが好きだ。ここで晩年を暮らせてほんとうに幸せだ。このうちで死にたい」

と彼は何度か私に言った。

その基本は変わらなかったが、私たちは時々朱門を預けて出られるように、二子玉川の繁華街の近くにある老人ホームに一室を確保した。普段は家にいてもらい、私がたまに海の家に行きたい時だけ数日間、こういう専門家の手に預けて出れば安心できる、というのが私の計画だった。そこなら夜も専門の看護師さんの介護を受けられるので、私の体力や疲労が、時々限界に来ていると感じる時、数日のお休みをもらうのにも有効だと思われた。何しろ長期戦に備えるには、限度一ぱい働くのもおろかなやり方だと、最近では皆知恵者になっている。

まず「ショートステイ」という名の体験宿泊をしてもらい、朱門はそれを楽しいとも嫌とも言わなかった。

ホームでは、朱門はすぐ看護師さんたちにかわいがってもらうようになった。初めは「女房に殴られたんです」式の会話に戸惑っていた看護師さんたちも、そのうちにこつを覚えて、このおじいさんの話に優しく乗ってくれるようになり、決して寂しくはなかったらしい。

その頃、朱門は歯科の出張治療も受けていた。彼の奥歯がぐらぐらしだしたのを発見してくれたのも看護師さんで、私だったらとうてい気がつかなかっただろう。もしその歯が抜けて気官に入ると大変だという配慮まであって、歯科の先生が来てくださると、朱門は抜かれた歯を見て、「この歯は、どの女にやろうかなぁ。指輪にするだろうからなぁ」と呟いて見せたというのである。私が行った時にもまた同じ台詞を繰り返したので、「こんな薄汚い歯なんて、誰ももらっちゃくれませんよ。最低一千万円くらいつけてあげれば、受け取ってくれるかもしれないけど、その時は、歯はすぐ捨てられるわね」と私はいつもの優しくない調子であった。これが我が家の日常会話のスタイルだから、彼の精神の末端はかなり最後まで、平常通り遊んでいたことになる。

しかし大好きな家に戻る暇もなく、朱門は熱を出すようになった。二〇一七年の一月に入って寒い時期だったので、風邪気味の人を、ホームよりはるかに寒い我が家に連れ帰るきっかけも見つからないままに、私が毎日ホーム通いを始めた。最後に口にした固形物は、小さな容器にもって行ったおろし蕎麦だった。しかし普通は何一つ食べない朱門が、下ろしたてのリンゴジュースなら一〇〇ccくらいは飲むので、私は新聞と雑誌と郵便を届けに行く傍ら、ホームでリンゴジュースを絞ることを日課にしていた。

毎日通う多摩川沿いの道は、時々富士も見え、たった十六分でホームまで着く近さにあることを、私は感謝していた。

一月二十六日の夕方、ホームから電話があり、朱門の主治医の小林徳行先生が今朝も見舞ってくださっていたにも関わらず、血中酸素の量が夕方になると五十八まで減って来てしまっているので、救急車で昭和大学に搬送してもらうように頼みました、という連絡があった。後で教えてもらうと、この数値は、放置すると生きていられないものだということだった。

私はかねがね、私たちの死は自然でいいと考えているという話を小林先生にしていたので、先生としては、病院に入れるのを躊躇《ためら》っておられた観があるが、その時の処置は医師としては当然のものだと、私は感謝した。

私は病院のERで朱門を迎えた。すると女医さんから「もう後数時間で会話もできなくなるかと思いますから、今のうちにお話をなさっておいてください」と言われた。その時、私は不謹慎にも少し笑いだし、「ありがとうございます。でも私たちは六十年以上、話し続けましたので、今さら話しておかねばならないことは何もないんです」と言った。

病室に連れて行かれた後も、声は小さかったが、朱門はまだ普通の話し方だった。「ここはホームじゃなくて、病院なのよ。ホームでは、あなたは女房に殴られたという事情が隅々まで伝わっていたけど、ここではまだだから、あなたは看護師さんたちにこれからよく話さなきゃだめよ」と言った。すると朱門は、「あれはもうすこし古びたから、新しいのにする」と答えた。女房に対する短い悪口は何年もの間に古びて来たので、近日中に新しいヴァージョンに変えるということなのである。

翌日、看護師さんたちがきてくれた時、私は、

「ありがとう、を申しあげないの？『ありが二十《にじゆう》』を言わなきゃだめじゃないの」

と言った。「ありがとう」は「ありが十《とう》」で、それでは足りないから「ありが二十」にした、と朱門はマンガのようなことをホームで言い始めたのである。もしかすると若い看護師さ

んたちに教えられた最近の流行語だったのかもしれない。しかしその日、朱門ははっきりと「ありが四十《よんじゅう》」と囁いた。急に数値が倍に増えたわけだが、それほど感謝しているということだったのだろう。

病室へ入る前に私は、知人のドクターにもお会いしたので、朱門が間質性肺炎で、それはたとえ治療をして殺菌効果が出ても、肺機能が元へ戻ることはないことを知らされた。現場にいたドクターたちがしきりに私に聞いたのは、朱門の喫煙歴であった。二十七歳で会った頃、彼はタバコを吸っていたが、四十歳くらいから喫煙は止めている。しかしドクターたちの「何歳くらいから吸っていましたか?」と言う問いに、私は「十二歳くらいからではないでしょうか」と答えた。

三浦朱門という人物は、徹底して不良青年だった。旧制中学に入るやいなや親と学校に隠れてタバコを吸ったり、戦時中だったので配属将校に楯突いて「操行」の点が戊《ぼ》になったりしていた。当時の成績の採点は、いい方から、甲乙丙丁戊《こうおつへいていぼ》だから、戊は最低でこの字は現在ではめったに見られないし、読める人も少ない。旧制高校では無期停学にもなっている。しかし彼はあらゆる種類の犯罪の「実行犯」ではなかったようだ。彼が好んだのは、心理と表現においてのみ、常に可能性の不良を演じ続けることであったし、一人の人間（すくなくとも自分）の心の中には、聖と俗、徳と罪が同居していることを忘れたことがない人であった。だから私たちは自分が「いい人」だとは思わずに、自由に人間性について語れたし、仮に自分が少し高く評価される時があっても、それは一方の面だけを社会がたまたまかいかぶっただけだ、と恥じらいながら考えていられたのである。それが我が家の明るさと自由な思考と普段のユーモアを支えている原動力だった。

病院では、不用な量の点滴はせず、わずかなモルヒネを使う緩和ケアーを受けていたと思う。私はつけられているモニターの数字の最低の読み方だけ覚えたが、血圧はしばしば五十八とか四十台にまで下がった。五十台になると、看護師さんに、「ご家族をお呼びになった方がいいかと思いますが」と言われたが、その度に朱門は自然に活きる力を取り戻した。

途中で一度「五反田の家に帰る」と言うようになったので、「うちは五反田じゃありませんよ」と初めは注意していたが、脳内の酸素量が減るとこうした意識の上の混乱が起きる、という説明も後で受けた。しかし私は、一度だけ「五反田の家には、何という女の人がいるの?」と聞いてみたことがある。すると朱門はその時だけ、数秒間、慎重に考えているらしい間をおいてから答えた。

「あやこさん」

こういう場合、「良子さん」とか「敏子さん」とか当てずっぽうに言うと、後が騒動になるから、どう言ったら無難にごまかせるか、病人としては精一杯考えたのだろう。こうした不良青年の成れの果て風の遊び心が、実は毎日の私たちの会話の定型だったので、私は夫が死の床にあっても明るい日常性を保っていることがわかった。

二月三日の早朝、日の出の頃に私は病室のソファで目を覚まし、モニターを見ると血圧はどうやら六十三を保っていたので、前日からろくろく顔も洗っていなかったのを思い出し、浴室で数分を過ごした。出て来てみると、モニターに赤い警告ランプがついていた。

ERでは、入院に当たって、家族が患者にしてほしいことと、してほしくないことをあらかじめリストアップされた項目から印をつけさせられた。これももう私たちが、元気なうちに何度も語り合ったことで、自然に命脈の尽きるのを待ち、決して延命のための無理な処置をしないことに尽きていたから、最期は当直医師による死亡の確認だけだった。

病院に持って行っていた最期の着替えは、背広ではなかった。毎日、家で着ていた白いワイシャツと、秘書たちから誕生祝いに贈られたセーターのうちの一枚だった。朱門はよく、テレビのニュースを見ながら、

「この（クソ）暑い日に（寒い日に）、毎日毎日背広着てネクタイ絞めて、よくもこう飽きずに働くもんだ」

と世間の「偉い人」の姿に向かって楽しそうに言っていたから、私は背広を着せ、ネク

タイを絞めさせて送り出す気にはとうていならなかったのである。「偉い人」の中には、閣僚もあり、大会社のCEOもあった。

彼はつまり普段着が好きだったのだが、それは心身共に自由人の資格を示すものだったからだろう。

彼は我が家で一番のおしゃれでもあった。もう体が効かなくなってからでも、昼の服として薄茶系のズボンとセーターを着る日に、私が手近にあった洗濯したての紺系や黒っぽい靴下を持って行くと、突っ返した。もっと明るい、色の合った靴下を選べと言うのである。私は時々、「誰も、おじいさんの足元なんか見てませんよ」と言うこともあったが、決して前日と同じセーターも着ようとはしなかった。肘が抜けたようなカーディガンを平気で着ているのは、カミさんだけで、オレは違うと思っていたのだろう。

夫のへそくり

「その時、輝いていた人々」という通し表題（編集部注：雑誌連載タイトル）には合わないかもしれないけれど、その時書いて置かねば忘れてしまうような或る空気というものはある。少しも輝いてはいないが、「その時」の記録としては許されるだろう。

二〇一七年二月三日に夫が息を引き取ってから、私は素早く家の中を整理したことを、気楽に喋ったり書いたりして来たのだが、それは一口で言えば、私にはものを捨てるのが好き、との性格が底にあるからである。唯一捨てるのが嫌いなのは人間関係だが、それもこちらが捨てられる場合もあるから、「消えることもある関係」と覚悟しなければならない。

私は夫の遺品をたくさん残しておきたい、とも思わなかった。日々の暮しの中で、彼がもし生きていたら、こんな風に言うのではないかな、と思われるセリフは、六十三年間いっしょに暮していたから、大体は想像できる。後は、彼が書いたものだけでたくさんだ。夫の著作の中で、私はまだ目を通したことのない本も何冊かあった。

だから……というわけではないが、私は彼の残した衣類などはさっさと片づけたのだが、何の目的かわからない紙類は始末しないまま放置して置くことになった。その手のものは、個人的な手紙でも原稿でもないから「燃える塵」の袋に入れて出してしまえば、一日で片づくものである。

書類は小さな民芸風の箪笥《たんす》に収めてあった。そして彼の死後、約五カ月経って、或る日私はその一番上の引き出しを開けてみた。

ざっと見たところ、税務関係のものが多いらしい。私たち夫婦は、自分で税金の申告などできないので、昔からずっと税理士さんの世話になっている。その報告書などが、そのままましまってある、という感じだった。税理士さんは「今年はこういうふうに申告いたしました。中をお目通しください」ということで送ってくれたのだろうが、夫は多分、「はいはい、ご苦労さまでした。ありがとう」と言っておきながら、肝心の書類は見たことがないに違いないのである。

その手の古い紙類は、私が捨てないものだから、何年分も押し込んである。中には、「先般お知らせいたしました座談会の場所ですが……」という手紙と、会合場所の地図さえも入っている。数年前の出版社との連絡だ。

まあこのままどさっと捨てればいいものだろう、と思ったが、それはとりあえず明日以降ということにして今日はこのまま、と私は再び引き出しを収めそうになったのだが、ほんの一瞬指が伸びて、紙類の端を少しめくっていた。するとそこに紙幣の端が見えた。

二つ折りにした一万円札が畳んだまま、むき出しで入っている。数えてみると、十二万円あった。

この小さな箪笥は、誰も遠慮して開けないものだった。個人宛ての手紙が入っているとは思わないのだが、事務の範疇にはない、個人的なものだろうと思うから、秘書も遠慮して手を出さない。私に至っては、開けなくていい引き出しなら原則開けないという基本的な姿勢が身についている。

しかしもう管理者がこの世にいないのだから仕方がない。しかしすぐに、私はその作業を中止した。整理するつもりなら、その覚悟で中身を出すべきだ。私はその十二万円だけを普段着のポケットに取り込んで、他の紙類は再び放置することにした。

十二万円は間違いなく、夫のへそくりなのである。金額もいかにも、それらしい額だ。五十万円もあったら、もしかすると私に気づかれたかもしれない。「昨日銀行から引き出した、あの五十万円はどうしたんですか」など詮索するかもしれない。私は決してそれほど綿密ではないのだが、三浦朱門という人は恐ろしくこういうことに気が小さいのである。

三百万円あったら、それこそ問題だ。どこのうちでも必ず「どこへ持って行くつもりだったんですか？」になる。

しかし十二万円という数字は、なかなか微妙な額だ。どんな言い訳をしてもあまり角が立たない。しかし多分言い訳は決まっている。

「知寿子（私の本名）がこの間もオレの財布から黙ってお札を抜いただろう。だからそういう時のために入れてあるんだ」

出先で若い人におごろうとして財布を出してみたら、ごっそり減っている。帰って来て私に文句を言うと、「ああ、あれ私が抜いたのよ。すみません。言おうと思ってて忘れてしまった」というだけのことだから、夫は或る時から用心して、自分でお札を密かにプールするようになった。それが多分十二万円のへそくりの理由なのである。

しかしそれを言い残すひまもなく、亡くなった人というのはあまり多くないかもしれない。夫は「僕はお金、大好きだよ」というわりには、こういうだらしのないところがある。

その日から私は財布の中の一つの仕切りに、この十二万円を入れて持ち歩くようになった。何に使おうか、ずっと考えていたのである。

何か突拍子もないことに使うほうがいい。これで服やハンドバッグを買うような平凡なことはしたくなかった。むしろ生きている朱門が聞いたら、「そんなくだらないもののために、僕の大切なへそくりを使って……」と怒るようなものがいい、ということだけはわかっていた。三浦朱門という人は、いたずらが好きで、本気ではなく、人の行為をあげつらう人だったから、死んだ後になっても、私は彼の鼻を明かそうというような反抗心がどこかに残っていた。それに私は心の一部で、朱門の死後、私を置いて先に死んだ彼をずっと怒っていた。

皆でどこかに行って食べてしまう案も悪くはなかった。もう朱門は同席できないのだから、いい嫌がらせに思えたが、彼は人にご馳走するのも好きなので、あまり嫌がらせにならない。

それから一、二週間のうちに私は三浦半島の海の家に行き、その帰りにＪＡが経営している地方のホーム・センターに立ち寄った。そこでキャベツとゴム・スリッパを買ったのである。

するとその一角に小さなガラス・ケースがあり、中に子猫が二匹売られていた。一匹は黒っぽくて長い毛が少し縮れている外来種の小さな猫で、ネズミくらいの大きさしかなかった。私はその子に気を取られて近寄って行ったのだが、改めて見ると、こんな小さな子が母乳無しで育つかどうか心配になってきた。

もう一匹の子はそれより少し大きく、体の大半は、「いなり寿司」のような毛色をしていた。近隣にいくらでもいるような色の猫である。ただこの子の特徴は、耳がへたっと折れていることだった。私の言う「へたれ耳」である。私はその時、その耳が売り物なのだとは思いもしなかった。私は二十年近く前に、何となくうちに居つくことになった出所不明の猫を飼ったことがあるだけで、猫に関しては全く無知だったのだ。この時の雑種の「ボタ」は見かけは平凡だったが、夫の「ディヤー・エネミー」になり、夫専用のソファに嫌がらせのオシッコをした日だけ、しおしおとその場を明け渡し、数秒後に夫に、

「こらあ、ボタ。お前、やったな！」

などと怒鳴られていた。器量は悪いが、賢い猫であった。

驚いたことに、今度夫のへそくりで買おうとした猫には、血統書らしいものがついていた。スコティッシュフォールドという種で、垂れ耳が特徴なのだという。猫好きは皆この名前を知っていたが、私には初めて聞く名前であった。写真入りの血統書が渡される時、私は十二万円より高い値段に驚き、持ち合わせで足りるかしら、とお財布の中身ばかり気にしていた。

私は最近もう運転しなくなっている。人の運転する車に、店で箱に入れてくれた牡の子猫を抱いて乗ったら、キイキイ泣いて暴れたので、私は箱から出して膝に抱いた。すると猫はおとなしくなった。この時、彼は私の匂いを嗅ぎ、しかたなくお母さんだと思うことにしたのだろう。

私はその時、彼が入れられていたガラスのケースに装備されていたのと同じメーカーのウンチ砂と、ウンチ箱と、やはり同じ銘柄のキャットフードを買いこんでおいた。うちには既に猫を飼う時の知識を書いた一冊の本があった。それに店の女店員が、「キャットフード以外はやらないでください」と言ったので、私はちょっとかわいそうに思ったが、家に着くまでは、ミルクならやってもいいのだろう、と思いこんでいた。しかし家に着いてすぐ「猫の飼い方」の頁を開けてみると、ミルクもやってはいけない、と書いてあったので、私は思い留まった。

家の人たちは、彼の履歴書を見て、

「ご先祖はスコットランドみたいなことが書いてありますが、この子の生まれは茨城県ですって」

と笑った。今年、茨城県がハイライトを浴びているのは、NHKの朝のテレビ・ドラマの舞台が奥茨城なのだそうだし、後で聞いたところだが、今年は猫ブーム、その中でもこのスコティッシュフォールドが流行なのだという。私は何も知らずに買ってきたのである。というより業者は、流行の種だから、店に置いておけばすぐに買い手がつくだろう、と思ったのだろう。

私は彼に「直助《なおすけ》」という名前をつけた。正直なところ、外国風の猫の名前というものをほとんど思いつかなかったのである。つまり夫のへそくりは猫に化けたわけで、これはなかなかおもしろい話の展開に思えた。

実は心の中で、うまく猫を飼えるかと不安に思っていたのだが、家に帰り着いて私が、水飲みのお皿、キャットフード、そしてウンチ箱という順序で置くと、新来の直助はまだ三カ月の子猫なのに、その通りに使いこなして私をびっくりさせた。ディーラーがそこまで訓練して売り出すのか、それとも猫の本性の中にその適応能力があるのか、私は今でもわからないのだけれど、それ以来一度もお粗相《そそう》をせず、便秘も下痢もしない健康な猫なのである。

ちょうど夫の死からあまり経たない時期だったのと、家族の死をペットで紛らわすという発想も嫌いだったので、私はあまり直助をネコ可愛がりにしないように気をつけた。しかしまだ六百五十グラムしかない子猫である。手伝いをしてくれるイウカさんや、私が抱き上げると、胸にむしゃぶりついて、おっぱいもみもみの仕種をする。ことにイウカさんの豊かな胸に顔を埋める時は、彼女のシャツを涎《よだれ》でべとべとにしながら陶然と眼をつぶっている。

その頃、私が本気でたった一つ望んでいたことは、一度でいいから、この子猫をもう一度お母さんの元に返して、おっぱいを飲ませてやりたいということだった。誰が悪いということはないけれど、母親を取り上げたのは人間なのである。ただ猫のおっぱいもみもみは、かなり成長してからでもやる習慣だと教えてくれた人がいた。それがほんとうかどうかは、これからの体験でわかるだろう。しかしともかく現在の直助は、眼をつぶり胸に顔を埋めておっぱいをもむ仕種に専念する。

それから三カ月、直助の体重は二キロを超え、おっぱいもみもみはするけれど、あまり痛々しくはなくなった。

夜、私は階下の彼のねぐらの近くでお休みのキッスをし、そのままそこにおいてくる。すると深夜近く、直助は二階の私のベッドに入って来て眠ることが多い。暑くなると、床に降りて寝ている。昼間は秘書の机の上で昼寝をする。彼のお尻のあたりに電話機があり、着信音が鳴るたびにぴくりと起きあがるが、受話器は取らない。せめて電話番をしてくれればいいのに、と秘書は言うのだが、彼の仕事は昼寝だけである。

猫は決して人間の言う通りの生活はしない。夏が近づくと、或る日浴室で眠ると気分がいいことを発見したらしい。自分の寝所がどこだなどということは考えないのである。とにかく一番居心地のいい空間を居場所にする。すばらしい動物だ。猫に比べると、私たち人間は、何かに妥協した生き方をしている。出世のためとか、お金のためとか、売名のためとか、仕事のためとか、律義な人間であることを示すためとか、とにかく猫ほど純粋に享楽的ではない。

ペットに溺れている人を、私は今でもあまり好きではない。猫には猫の生活があるはずだ。

或る晩、横向きに寝ている私の髪のあたりを、誰か触る手があった。柔くて濃い肉の塊の感覚が私のうなじの髪をそっと分け、そこをざらざらした感覚のもので触っている。その頃には、私は目を覚まし、私の髪の毛繕いをしてくれているのも、舐めているのも、直助なのだ、ということがわかった。

しかし考えてみると、それは当然なのである。私の家では水以外、猫に全く人間の食物を与えていない。ペットショップのお姉さんにキャットフード以外食べさせないで、と言われていたから、それを守っているのだが、夏が近づくと、猫も塩っぱいものが欲しいらしい。いや汗をかかない猫には、そういう欲求はないのかもしれないし、私にはわからないことばかりだが、少し目を放すと、食卓の上のお皿を舐《な》めたがる。だから私たちはその都度、すばやくお醤油で汚れた小皿などを取り上げるのだが、私のうなじを舐めている限り、彼は「合法的に」塩分が摂れるということを知ったのだろう。

動物が時々一家の中で、運命共同体になるというのは、あの体温によるものだ、ということを私は知った。亀もトカゲもかわいいだろうが、抱いて温かいという感覚はない。しかし猫にはある。そして子猫もまた人肌のぬくもりを欲しているように見える。この肌の温かさというものが、人を助ける場合も基本的な要素になるだろう。食料の援助だけしていても、ほんとうの目的は達せられないような気がするときもある。

直助が来てから、近くの動物病院とつながりができた。世間には賢い動物がたくさんいるものだ。ペットボトルの栓《せん》を器用に手で回して蓋《ふた》を開けてしまうネズミもいるという。しかし直助は決して頭がよくない。何一つ芸がない。しかしほとんどまんまるになる眼で、じっと私を見る。

夫がへそくりを残して死に、私が夫を失った寂しい時期に、そのお金で直助を買ったということを拡大解釈して考える人もいるらしいが、私は作家だから、すべてのことの起こりには物語があるという風にしか考えない。

しかし動物を飼う（買う）ということはまず予期しない行為だった。私は長年忙しい生活をしていたので、生き物は飼わない、飼えない、と決めていたのだ。

輝いていたとすればその変化の偶然で、偶然は大体輝いているものなのだ。

「直助」と「雪」

夫が亡くなって一年経った今、私の家にどういう変化が残されたか、としきりに訊いて下さる方がいる。

外見的には何も変わらない。私たちは五十年前に建てた断熱材もなしの古風な家に住んでいた。しかし間取りは私が自分で決めたので、今もって何の不満もない。

ただ浴室の外にめぐらしてある竹垣が夫の死の頃すでにぐらぐらになっていた。それが壊れて新しいのにした。私が死ぬまでもう数年だろうから、この家はあとちょっと保たせられればいいのである。

大きな変化といえば、我が家に猫がいるようになったことである。夫は決して動物嫌いではなかった。しかし今、家の中で大きな顔をして家族のように暮らしている二匹の猫たちを見たら驚くと共に喜ぶだろう。どうして夫の生前に猫を飼わなかったのだろうと思う。

猫を飼った経緯はすでに書いているのでここでは簡単に述べる。夫の死後大分経ってから、私は夫専用の小箪笥の中にむき出しの一万円札十二枚を見つけた。

まさにへそくりである。私はそのお金を、彼が死んだ後で取り上げたような気分になり、もし夫が生きていたら顔をしかめるような使い方をしよう、と考えた。それが私をおいて死んだ夫へのイヤガラセになる、と思ったのだ。私たち夫婦の間には、どんな深刻な問題でも、こういう形のこっけいな結末で処理しようという空気があった。

猫を買ってこようと思って外出したのではない。ただその十二万円をお財布の特別な仕切りに入れて私は持ち歩き、海の家へ行った帰りの地方の量販店で子猫を売っているのを見ると突然買うことにしたのである。一見その辺にいくらでもいそうな猫が十二万円以上もするのに私は驚いたが、私の子供の頃と違って石塀の上や薪小屋を住家にする野良猫も、貰い手を探している子猫も近隣にはいなかったので、私はその一応血統書付きの、つまり今年流行の「スコティッシュフォールド」という種のへたれ耳の子猫を買うことになった。

この猫は、トースト色の牡だった。真ん丸い眼をしてやや短毛だが、頭のいい子猫だということはすぐわかった。猫にも「種」があることと、その「種」にもその年の流行がある、ということに私は驚いた。

私は猫の飼い方の本を一冊だけ買って来て読んだ。四十年近く前、ボタというお尻の恰好がボタッとしてスタイルの悪い猫を一匹知人からもらい受けて飼ったことがあるのだが、私はその時の体験を忘れかけていた。

私は子供の時から動物好きだった。インコを手のりに仕込んだり、カメや金魚やドジョウも飼った。もちろん犬も飼ったのだが、なぜか犬は私の家と縁がなかった。三匹の犬は庭木戸が開けてある時に、遁走して遂に帰って来なかったのである。

ボタは最初のうち、孫とだけは折り合いが悪かった。尻尾が里芋のように短かったので、まだ幼かった男の孫は、ボタの尻尾は把手だと思ったらしく、初対面の時、いきなりそこを摑んで逆さにした。それだけで彼らは天敵になったが、関西に住んでいた孫は次第に成長し、猫を尻尾で持ち上げることもなく、優しく撫でるようになった。

この猫は二十歳を超える最期まで、うちの家族だった。

後年、私は夜の皇居の区域内を運転していて、警備の警察官に停められた。

「どこへ行かれるのですか？」

私は名を名乗り、皇后陛下からご下問があったことについて資料をお届けするのだと言った。するとこの警官は「私はペルーのフジモリ元大統領が日本で亡命してお宅にいた時、警備についていました」と言った。

「それはそれは、お手数をおかけいたしました」

「それでボタはお元気ですか」

彼は我が家の猫のことを訊いてくれたのである。

「まあ、よく覚えてらっしゃいますね。ボタは長生きいたしましたが、さすがに先年死にました」

警察官によると、飼い犬の中にはよく夜回りについて歩くのがいるが、猫では珍しいのに、ボタはお巡りさんたちとすっかり仲良しになっていつも後をついて歩いていた、というのである。ついて歩くペットがいると、夜回りも少し温かい気分のものになるという。

その話を、家に帰って夫にすると、

「その人、僕のこともお元気ですか、って訊いたろ？」

「訊かなかったわよ。ボタのことだけ」

「おかしいな、訊くはずだがな」

猫以下に扱われたことは、これで当分我が家好みの話題になる。

ボタが寿命を全うした後、暫くの間、我が家にはペットがいなかった。私はその間に勤め始めていた財団の勤務も終わった。

そして夫の死である。というより、家に看病すべき人が誰もいなくなってしまったのである。

私はここ何十年ぶりかで、介護人の生活から解放されていた。夫の死の前には、夫の両親と、私の実母の最期を看取った。

現在、私自身は八十代の後半で、決して若くはないけれど、まだ自分のことは自分でできる。

だから……ということはない。或る日私は夫のへそくり十二万円を発見した。そのお金で、美形で頭のいい牡の子猫を買って来た。ほんとうはもう少し高かったので、私はびっくりしたが、残りはお財布の中味で足りた。これが直助だった。

知人の一人が「猫はもう一匹飼った方がいいよ。彼らは彼らで遊ぶから」と言われたことは実感がなかったが、私の頭の中には引っかかっていたのだろう。

直助が来て二、三カ月のうちに、私は別のペットショップで、同じスコティッシュフォールドの真っ白い子猫を見た。実は、白いも黒いもなかった。私がその子猫に目を留めたのは、あまりにも狭いケージに、もう一匹の更に痩せた黒猫と同居していたからだった。

人間だって一人一畳以下では足を伸ばしても寝られまい。それなのに白い子猫と黒い子猫は、一人分の学童用の机ほどの床面積のケージに、一緒に詰め込まれていたのであった。

私はかわいそうで息苦しくなった。せめてケージに一匹にしてやりたい。黒い子猫が、私には珍しく思えたが、その子はあまりにも小さかったので、私は買うのに二の足を踏んだ。

白い子の方は、小さいわりに体格ががっしりしていた。この子を買ってケージから出してやれば、痩せた黒い子も少しは暮らしが楽になる。

「バカだなあ」

と、その話を聞いた私の知人の一人は言った。

「猫屋はすぐまた、もう一匹入れるよ」

私は腹が立ったが、その時はとにかく一匹ケージから出して、残りの一匹をのびのびさせたかったのである。

私は客や店の人に背中を向けて、お財布の中を調べた。猫だって、お金が足りなければクレジットカードで買えるということは思いつかなかった。

私が持っていたお金は、やっと間に合いそうだった。消費税のことを考えると、足し算ができなくなったが、その分だけはまけてもらおう。

私の最大の興味は二匹の折り合いだった。しかし、これも問題なかった。直助と後から来た白い牝の子猫は、乱闘を見せることもなかった。直助は先任で、この家の家長のような顔をしていた。白い子の名前はなかなか決まらなかったが、三日ほど経つと、私は彼女を自然に「雪ちゃん」と呼んでいた。器量には少し難題があるが、毛足の長いことと、その感触が絹のようなことは、立派な毛皮を着ている証拠だった。

私は二匹の猫の性格があまりにも違うことにびっくりした。本当は、大体似たようなものだろう、と思っていたのである。

二匹がケンカしなければそれでいい、と私は納得した。いや派手なイガミ合いをするなら、それもおもしろいとも思っていた。しかし二匹は、淡々と別に暮らしていた。ただ、直助は「先任」であることを自覚しているらしく、どの部屋でも一番上等の椅子と、一番日当たりのいい場所を獲得した。

それに比べて、少しばかりマリリン・モンロー風の牝の雪は、好奇心の塊だった。窓に上って外を眺め、家具の間の狭い空間を探検した。どちらもキャットフードだけ食べるので、食事のケンカは起こらない。

初めのうち、私は二匹の声を聞いたことがなかった。「静かな猫ですね」と言われる度に、私は「唖《おし》かもしれませんね」と言っていたが、或る時直助は猫らしからぬ微《かす》かな声で「ミュー」と啼《な》いた。「何だろう」と私たちが訝しく思いながら、直助の居場所を見ると、それは浴室のドアの直前で、雪がドアの向こうに閉め出されているのを知らせるためだった。

直助が啼くのは、いつも雪の危機を知らせる時である。浴室に閉じ込められた時もそうだが、誰かが押し入れに閉めこんだ時も直助が知らせた。だからと言って、直助は別に雪に惚れているわけでもないらしい。二匹は昼間、ずっと別々の世界を見て暮らしている。直助は動いていないマッサージチェアの中、秘書の机の上、食卓の下など、どちらかと言うと、閉ざされた空間を好み、雪はいつも外界を見ている。一度庭に出して、芝生や石の上を跳び廻らせてやりたいと思うが、それをやると猫エイズに罹《かか》って、治療の方法がないからしてはいけない、と猫通は言う。大地を踏む味も知らない猫がいるなんて、不自然な世の中になったものだ。

雪は或る時から、直助を出し抜いて、こっそり夜更けに私の寝室へやって来ると、突然ベッドに跳び上がって私の頰の傍《かたわ》らで寝るようになった。ヒゲで私の顔を触り、少し抱くようにしてやったら、そのまま朝まで私の枕の端で眠った。私は雪の温かさを抱いたのだし、雪はまだ幼い時に母から離された記憶を辿《たど》ったのだろう。

私の実母は、生きていた時、異常なまでに潔癖な性格だった。外出するときには、いつでも消毒用のアルコール綿を持ち歩いていて、何か食べる前には必ず子供の私の手を消毒した。それに対して、私は動物的な本能があった。まだ幼い時から、母の暮らし方は異常なことに気付いていたのである。成長するにつれ、母に反抗する機会も増えたので、私は母の眼の届かないところで造反した。私は不潔を承知で行動するようになった。

時代も私に味方した。やがて日本は大東亜戦争に突入して、敗戦への道を転がり始めた。

そんな時に、母の望むような、完璧な「無菌」的な暮らしなどできるわけはなかった。私は何でも食べ、空襲の夜など、平気で土の上で眠った。母にとって地面はバイ菌の巣であったが、私はそのような神経と闘った。それでも長い年月の間に、私には土を不潔な場所として敵視していた子供時代を詫びるような思いもあったので、後年、畑作りをするようになったのである。

雪はかわいくても、その存在が無菌であるわけはない。それを承知で、私は雪と寝るようになったのである。明け方、雪は突然私のベッドからたちあがり、向きを変える時、その太い見事な尻尾で私の口のあたりを撫でることもあった。あまりにも太くてふさふさした毛並みの尻尾なので、冗談に、その部分だけ切って、孫がお正月に着物を着る時、襟巻きにしたいと言った人がいたくらい見事な尻尾である。

しかしもし母が生きていたら、猫の尻尾が私の口に入ったと言っただけで、私は即座に洗面所に連れて行かれ、何度も消毒のためのうがいをさせられただろうと思う。しかし私はその時、口を濯《すす》ごうともしなかった。

自分が愛しているものなら無菌だとか、病気にはならない、と信じているわけでもない。しかし私はもう健康など気にしなくてもいい年になっていた。後何十年生きるわけでもない。

私にとって大切なのは、今日、只今、温かい体温をもっている「生き物」が傍にいる、という感覚だった。夫は死んで、その存在は視界から消えた。彼の考え方、生き方は、私の中に根付いている。しかし私が今必要なのは、「生き物」の体温と感覚だった。

直助はほとんどまんまると言っていいような眼で、人を見つめる。しかし決して抱かれたがりはしない。ただ、今でも夜、私の部屋にいる時は、脱ぎ捨てた私の衣類の上に寝る。後から来た雪の方が、私の後を追いかけている。「お母さん」の私が二階に行けば、彼女も二階に上がり、「お母さん」が台所に下りれば台所についてくる。

「猫可愛がり」という言葉は誰が言い出したのか。適切だが、あまりいい感じではない。猫は嫌なことを強制されれば、するりと人の手から逃れて逃げていくが、自分がどうにか我慢できる範囲なら人間のことはあまり考えない。この冷酷さがいい。

しかし直助の表現力には、恐ろしい思いをした。或る日私は一緒に暮らしているイウカさんと音楽会へ行くことにした。うちを出てから帰るまで正味三時間半ぐらいだから、水と餌さえあれば、直助を閉じ込めて行けばいいと思ったのだ。靴を履きながら私は、「戸締りさえしておけばいいわよ」と私たちを見つめている直助の前で言った。そして私たちはその通り、彼を閉め出して外出した。

その日、二人で家に帰ってくると、直助は歯をむき出して怒りの表情をあらわにした。

喜んで私たちの手元に飛び込んでくるどころか、後ずさりをし野獣のように唸《うな》った。玄関のすぐ傍の小さなベンチの下に、お客用のスリッパが隠してある。直助はそれをすべて引き出し、玄関中に散らばしてあった。私たちへの嫌がらせであることは確かだった。

つまり私は直助の前で、明らかに彼に無礼を働いたのである。猫は人間より劣ったものだから、閉じ込めて出てしまえばいい、と言ったのだ。直助にはそれがわかったから歯をむき出して怒りを表したのだ。それ以来、私は直助だけを残して外出するときは、いつでも直助を抱き上げて、その大きな眼と私の眼をしっかり合わせて、今日の予定をこまかに伝える。帰ってくる時間、遅くなるかもしれない可能性まで言う。するとこんな激しい怒りを見せたことはない。

「ペット馬鹿」の話は、世間に溢《あふ》れていて、関係のない人々をうんざりさせている。私にはその災難の形がよくわかる。だから話を読んでくださった人、聞いてくださった方には、いつでも深くお礼とお詫びを言いたい。

ただ実際に一人暮らしになった私の生活上の変化を救ってくれたのは、人間の誰でもなく、猫の直助と雪だったのも、間違いないことなのである。

一家の厄介者の役割

英字新聞の片隅に、埋め草記事のように載せられていた事件だが、妙に私の心にひっかかった。

母と子が裁判で争った話である。

台湾では有名になった事件なのかもしれないが、台湾の最高裁は、一人の歯科医に、自分を育ててくれた費用として、彼の母親に対して約七千万円を払うように命じた。

読み流せば、何でもない記事だ。殺人でも詐欺でもない。

この息子なる人物は現在四十一歳で、二十年前に、自分が歯科医になるまでにかかる費用を将来返済するという親宛の契約書に署名しているのだという。この事件を裁判所に申し立てたのは、一九九〇年に離婚した女性、つまり歯科医の母親であった。彼女は夫と別れた後、自分だけの力で二人の息子を育ててきたのである。

息子たちが将来自分のことを見てくれないだろうと思ったこの女性は、二人の息子たちと一つの契約書を作っていた。彼らが二十歳になった時から生涯に渡って、収入の六十パーセントを母親に払う、という契約である。

しかしこの契約は当然のことながら守られなかった。息子たちはそれぞれに家庭を持ち、この契約書通りに母親に払うことはなかった。息子たちに配偶者ができると、こうした世間的にはやや異例な契約書は「おかしい」ということになったのかもしれない。

恐らく数年間のすったもんだがあった後だろう。彼女は息子の妻の一人から、もうこれ以上、息子の生活を経済的に侵さないでほしいという手紙さえ受け取っていた。

裁判が始まったのは八年前だという。

結局長男は日本円にして約百二十万円ほどを、事件を収束させるために母親に払った。次男は、子供を育てるという行為は経済的価値で測られてはいけない、という理由で、母親と法廷闘争に立つことにした。

最高裁は、この契約は合法的であるとした。歯科医として書類に署名した息子は、当時すでに成人しており、彼は母にその金額を支払うことができたからだという。

評決の結果は、さまざまな意見を世間に巻き起こした。

或る歯科医は言った。

「誰でも年を取れば、育ててくれた親にお返ししたいと思うものですよ」

この件は少なくとも私には、人生のむずかしさを感じさせる。

一面の真実は、親子の関係であろうと、自分が手にした教育や資格は、やはり親という一種のスポンサーがあってこそできたことだという事実である。もちろん学びながら自分で働いて、学費もすべて自弁したという人を知らないでもないが、私は自分の学生時代を考えると、とても働きながら学費を稼げたとは思えない。私は大学の合間に短編小説を書いて、懸賞に応募していたこともある。しかしそれは半分道楽で、お金は小遣いとして消えた額だからできたことだったと言える。私は親の家に住み、食べさせてもらうのを当然と考えたから、アルバイトをするのもラクだった。しかし間代を払い、食費と学費を稼ぎ出すとなったら大変なことである。

もう一面の真実は、この歯科医が主張したことらしいが、親が子供に受けさせる教育の費用は、決して投資ではないということである。つまり将来回収できると思って出す金ではない。お金は子供の幸福と、その幸福を自分の喜びとする親の満足のためにある。だからいかに契約書があっても、普通の経済的な商行為のようにとられるべき事柄ではない、とも言える。

しかし子供が、親の経済的な負担のもとに、大学教育まで受けるのは当然と思うのも、いささか思い上がりか、甘いという感じもする。

私は昔、自分から「ワシは文盲や」と古い日本語の表現で言った人を知っていた。つまり義務教育である小学校教育さえ受けなかったという事である。

その人は当時中年男性だったが、話もおもしろく、賢さに溢れていた人だったので、私は彼がどんな理由で初等教育さえ受けなかったか、むしろその事情を聞きたいくらいだった。

かれは雪の深い山岳地帯に生まれた。父は炭焼きを業としていたので、原料となる木材のたくさんある土地に住んでいたのだろう。

当時の日本には、山奥にほんの数軒住んでいる人たちの子供のために、分教場を作るなどという発想は全くなかった。森には数メートルも積もる雪が降る。誰も道をつける必要がない地域だから、豪雪の時にはこの一家は数日、数週間も家に閉じ込められていた。つまり小学校という所には、現実問題として通えなかったのである。

しかしその人は、私が生涯で遭った人の中でも屈指の賢い人物であった。卑下するでもなく威張るでもなく、自分の生い立ちを淡々と、過不足なく語った。

学校など行けなくても、つまりその人は「文盲」などではなかったうえ、むしろ秀才であった。私が常日頃言っていることだが、学問というものはほとんど独学である、ということを立証してくれているような人柄だった。

ついでに余談をさせてもらうと、独学がほんの少し困るのは、初めて或る外国語を学び出す時だけである。語学の中には当然発音も含まれているのだが、聞いたことのない外国語を一人で学ぶ時には、文字だけでは発音のルールがわからない。

しかしドイツ語ならたぶん、一時間発音の基本を教われば、賢い努力家ならあとは全て一人で学べるだろう。私は性格的に怠惰でダメだが、できる人がいるだろう、ということは断言できる。

学問はすべて一人でするものだ。そのことを学びたいという情熱があれば、一人で学べる。要は辛抱だけなのである。

話を元の学資問題に戻すと、子供に投資することは、計算だけでもなく愛だけでもない。漠然と、若い世代に、高校・大学という期間に、できるなら一種の無駄にも見える時間を与え、その間に希望するなら学問をさせ、人生について考えさせる。この時間をモラトリアム（一時停止期間）とする人もいた。心理学上モラトリアムを「成熟した社会人になる前の猶予期間」と考える概念に至ったのだろう。

私はガーデニングの愛好者で、今日も窓辺で小さなモヤシのようなものを育てている。うまく水耕で育てば、サラダの香り付けに使おうというのが夢だ。スーパーで売っていたこの新しい香草は、今まで見たことのない種類である。しかし根つきで売っていたので、私は水耕栽培で増やすのが目的で買ってきたのだ。

器は有り合わせのガラスのコップ。僅かな水を入れて、その中に束ねて巻いた根を入れ、そこから爪楊枝くらいの細さの新芽が伸びるのを待っている。

私はいままで、こういう名前の野菜を知らなかったのだが、新しい品種の野菜は、現在の日本では毎月のように売り出される。その時これはセロリの一種のように紹介されていたが、香りは既存のものの何倍も強烈で、部屋の中いっぱいに立ち込め、私は少し胸が悪くなっている。

化学の実験は少しも好きでなかったくせに、私は種から芽を出させたり、水栽培をしたりするのは好きだ。実は大学では英文学を学んだことになっているが、大学は農学部に行くべきだった、と思う時がある。しかしそうできなかったのは、理数科に弱いから、受験しても受からなかったに決まっているからである。

成長という変化は、将来を予測できることになっている。だからこそ文科省は、小学生の身長や体重を予測し、その値と大きく外れる児童には警告を与える。

しかし同時に、クラスには必ず、飛び抜けて背の高い子と、いつも一番前の席に坐る小柄な子がいるものだ。

私自身の子供のころからの身体的特徴は、背が高いくせに、強度の近視であることだった。だから教室では、いつも後ろの方の席、つまり黒板から遠い席に坐ることになる。すると先生が板書なさる字がほとんど読めない。

私は隣の子のおかげで、小学校時代を生きてきた。隣の子が、先生が黒板に書かれた字を自分のノートに写すと、私がカメのように首を伸ばして、その子のノートを覗き込んで、それを写すのである。

お礼を言ったこともないけれど、嫌がった同級生が一人もいなかったことは幸せだった。「障害者に優しくしましょう」などという言葉は当時なかったけれど、私の同級生たちの中には、言葉なしで、そういう温かい人情が内蔵されていたのだろう。

私が隣の友人の机を覗き込まなかったのは、ほとんど試験の時だけのような気がする。ほんとうのことを言えばいつもノートを覗き込まれるということは、気になりだしたら、かなりうっとうしいことにちがいなかったのに。

しかし後年、私は自分が純粋の厄介者であるという確固たる信念を少し崩すことにした。厄介者が、純粋に社会の厄介者である、ということもないのだ。

厄介者の存在は、身近な人の徳を育てる。或いは幸福や結束の種を撒く。

生まれつき知能の発育が遅れたり、行動において凶暴性もある長男のいる家庭があった。その子はつまり多くの場合自分の望みが叶えられないので、先天的な気質もあって、いつも荒々しく反抗し暴れていた。その家の家具はどれも傷だらけだった。

正直なところ、その家の問題は、その子の存在だけだったように見えたという。その子さえいなければ、数人の他の子供たちは皆穏やかな性格で、学校でも優等生で、一家は理想の家庭になれた、とさえ他人は思っていたらしい。

家族は、その唯一の問題児を抱えて十数年を生きた。戦争のような毎日だったという。通常なら問題にもならないようなことがきっかけで、一人の息子だけが暴れて、家の中は戦場のようになる。物は投げられ、障子やガラス戸は破られ、おつゆの鍋はひっくり返される。その一家の不幸の原因は、すべてその子に集約されていた。昔風の言葉で言えば、彼は一家の疫病神《やくびょうがみ》であった。

周囲の人々もかなりはっきりとその家庭の事情をわかっていた。弟妹たちはいじらしいほど父母を支えていた。兄が暴れれば止め、壊れた窓ガラスの桟《さん》をとりあえずテープで留めて、雨風が漏れないようにした。しかしこの凶暴な長男は、常人のような誰にもわかる理由があって暴れるのではないから、暴行を防ぐこともできない。

つまりその一家は、どんなに予防しようとしても、突然吹いてくる家庭内暴力の嵐を避けることができないでいたのである。

弟妹は年頃を過ぎても結婚しなかった。そんな状態で結婚しても、穏やかな他家から来た人、つまり配偶者たちが耐えられるわけがない。老いてきた両親に、この暴力的な兄を任せて、自分たちだけが家を出ることはできない、とも思いあきらめていた。

しかし、生涯続くと思われたこの悲劇も或る日突然、終わりを迎えた。

精神は弱いのに、肉体的にはいつも健康そのものに見えた問題の兄が、ほんの数日インフルエンザで寝込んだだけで、呆気なく亡くなったのである。他人から見たら、本当に思いがけない形で、厄介払いができたように見えた。「こう言っちゃなんだけど、あの家にもこれで春が来たねえ」と言った人も周囲にいた。

もし彼がもう少し不自然な死に方をしていれば、それこそ身内が殺したのではないかと疑われても仕方がないような台風の目であった。そういう人物がやっといなくなって、その家には悲しみはあっても「春が来た！」と思った人がいても当然だったかもしれない。

「今まであんなにあの一家は苦労したんだから、これで幸せを取り返せるよ。そうでなかったら、人生は不公平過ぎるよ」

と言った人もいたという。

私は人生が公平であることを信じたことがなかった。人生は、へたくそに詰めたカバンの中身のように、幸か不幸かどちらかが、不当に片方に固まって詰まっているものであった。

この一家は、しかし思いがけない心の整理に直面していた。

「厄介払い」をして彼らは何を感じていたかというと、彼らは心の中心を失っているように思った、という。良いにせよ、悪いにせよ、人間も物も、重力の中心になる存在を感じている。それがなくなった時、人間は暫《しばら》くの間行動と思考の中心を失うのである。

暫くの間、と今私は書いた。そうであってほしい。また必ずそうなる、とも信じている。人間は、病気からも心の傷からも再生する力を持っているのだから。しかし一家はその横暴な息子の存在によって生きているのが事実だった。彼の死まで、家族は、ことに兄弟姉妹は、そのことを理解していなかった。良いにせよ悪いにせよ、それが彼らの結束の中心であり、生きる意義だったが、長男が厄介者として見られている限り、その中心とは見えなかったのである。

彼の死によって、一家のメンバーが果たしてきたそれぞれの役割が、こんなにもはっきりして見えたことはなかったのであろう。世の中には常に、悪も偏りも、病気も不運もある。それらの存在は順調な人の生涯を妨げるように見えながら、実はそれだけでもないのである。

飛んで行くように見えるものに重りを付ければ、それが失われることはない。存在するものは、見る目さえあれば必ずその意味があるので、人はそれを財産と考えるべきなのである。

この問題の兄が死んで、葬式が終わった夜、一家は家族だけになるとさめざめと泣いた。涙の持つ意味をすべて明快にすることは他人にはできなかったろうし、またそれは一種の暴力だとさえ言えた。

家族はその時初めて失われた「お兄ちゃん」「一家の厄介者」の意味を本当に理解したのであった。彼がいなくなると、明日からどう生きていいのかさえわからないような気がした。

「お兄ちゃんがいて、うちは『家族』をやっていたんです」と妹の一人が言った。長男はその生涯の役目を果たした。それが私が心の中で彼に贈る言葉だった。

メロン一切れの大きさ

学校時代の私の同級生には、大家族が多かった。私の通っている学校はカトリックで、カトリックの家庭は一般に大家族だということになっていた。産児制限が認められていなかったから、子沢山は神の祝福の印であった。

私は母親が三十三歳の時に生まれた子であるという。私の前に三歳で死んだ姉がいた。一人子を失った夫婦に、六年も経って、再びやっと娘が生まれたというわけだ。その姉は私よりきれいで気立てがよく、優しくてよく気がついて、玉のような子だった、ということになっているが、「亡き児」というものはすべてそうなので、私はあまり信じていない。

しかしとにかく我が家は人口のあまり増えない家だった。それが運命というものだろう。ものごとにはすべて、人間の理解を越えた隠れた理由があるものだ、と私は思っている。私の家系では、その家の血を引く人間があまり増えないことを運命が願っているのかもしれない、と思えばすべて説明がつく。

兄弟姉妹の多い友だちが話す話題の中にはすばらしく明るいものが多かった。最も印象的で今でも覚えているのは、メロンの分け方だった。当時は戦後で物もお金もない時代だったが、今でもマスクメロンなどというものは、高価だから、家族がいつでも気楽に食べられるというものではない。年に何回か思いがけなく桐箱入りのメロンを頂くと、家族は「さあ今日はごちそうだ」と張り切ったものである。

私は一人っ子だから、「分け前」はいつも大人と同じ量で、かなり大きかった。しかし、六人兄妹がいる友人の思い出話によると、母親がメロンを切り分ける時には、兄弟姉妹が、真剣にその手許を見つめていたものだという。

その気持ちもよくわかる。たかがメロンだが、されどメロンなのだ。少しでも大きい切り身をほしいから、皆が母親の手許を「監視」している。どの切り身が大きいかを見ていて、自分が取る番になったら、迷わずそれを選ばねばならないからだ。

一人娘は、家族の中でいつも守られて成長する。そういう意味で、私はよくも悪くもおっとりと育った。ライバルがいないのである。

こういうことを言うと、反撥されるのはまちがいないのだが、戦前生まれの私は、何となく親たちや、家で働いている人に助けられ庇護されて生涯を送るような気がしていた。

同じ六分の一のメロン一片でも、このうちの子供だから、というだけの理由で、一目で大きいとわかるものをもらえるものと信じて育ったのである。

戦争は平凡な小市民だった私の家の経済的な土台も根本から狂わせた。戦争後、預金は封鎖され、父母が財産として当てにしていたものは消えたらしい。敗戦というものは、現実にそういう生活の基盤が揺らぐことであった。

それでも私の家族には住む家があったから恵まれていた。一九四五年になると激しくなった空襲で家を焼かれた裕福な暮らしの人が、自分の豪邸の泉水《せんすい》のある庭に、さし掛け小屋を作ってやっと暮らしていた光景もあった。

私はカトリックの学校で教育を受けていた。母が私をそのような私立学校に入れたのは、第一に自分の結婚生活が、決して成功とはいえないからだったのだろう。私の父は、行い正しい人ではあったが、寛大でなく、母と私はいつも父に脅えて暮らしていた。

父は自分が気に入らないことがあると、際限なく文句を言い続ける小心な人だった。五十歳、六十歳に近づけば、人間は誰しも、人生は決して自分の思い通りにならないことくらい、嫌でも思い知らされるものなのだが、それを諦めるだけの人生の「いなし方」を、父という人は持てなかったように見える。

父は日常の小さな文句を、家族に向かって言い続けるような性格だから、家庭は安息の場ではなかった。母はせめて、日々の暮らしを信仰によって救われたいと希《こいねが》ったのだろうと思う。子供の私も、家では父の機嫌を損ねないようにいつも緊張していた。私の性格の中にひどく歪んだ部分があるとすれば、それはそのような日常的なストレスの中で育ったからだし、私の中に少しは「苦労人」の素質があるとすれば、それも父が、子供にさえ穏やかな家庭生活の日々を与えなかったからである。しかしこうなると、いずれにせよ私の性格を創った功績はすべて父のものだから、私はやはり父に感謝しなければならない。人間は、今在る姿が一番自分らしくていいということになっている。

父と母は老年になってやっと離婚してくれた。

父はありがたいことに再婚した。私はその結婚に反対どころか、父の老後を見てくれることになった父の新しい奥さんに、感謝するだけだった。もしその人の存在がなければ、私はやはり父の生活を引き受ける外はなかったろう。

母は離婚後も時々、「あの茶簞笥は、私が結婚する時実家から持って来たものだ」とか、「あの陶器とこのお椀も兄がくれた」というような未練がましいことを言ったが、私は「自由を得たいならすべてを捨てていらっしゃい。何もかも置いて来るなら、私がお母さまの老後を引き受けるから」と言っていた。自由を得るには、必ず何かしら代価を払わねばならないというのが私の考えで、母もあれほど望んでいた父との離婚には代価を払うべきなのであった。

それというのも、私は作家としてどうやら原稿が売れていたから、離婚後の母が望むような「慎ましいが一応不自由のない生活」をさせられるようになっていた。そして又私の結婚相手の三浦朱門という男が、今うちにある程度のお金なら、それは誰が何に使ってもいいのだ、と思うような性格だったからこそ、すんなりと事が運んだのである。だから母も、誰か特定な人にではなく、そういう運命全体に深く感謝すべきだと私は思っていたのである。

父は、悪人ではなかった。大酒も飲まず女道楽も浪費もせず、詐欺を働いたこともなかった。けちでもなく誠実で、外部の人には鄭重でいつも上機嫌だった。それどころか美術的なものに対する眼さえももっていた。父は只、家族に対してだけ、厳しく暗い人であった。

今、私の性格の中に、少しばかりいいところがあるとすれば、それは、父のようになってはいけない。父の家のような家庭を作ってはいけない、と思っている点だ。

私は夫婦の間で喧嘩もしてもいいけれど、それを夕飯の時まで持ち越さないというルールを作った。夕飯どころかおやつの時にはもう機嫌を直していることを目標にした。まして父のように夜通し文句を言い続けて、家族を寝かさないような陰険な空気は片鱗も置かないことにした。

快い睡眠を家族に贈ることは、家族の義務だ。というか人道上の問題である。父のおかげで、私は少しばかり複雑な人間になれた。いや生活上の目的の単純化に成功したというべきだろう。私は家族の出世とか、栄誉とかいうものを全く望まなかった。それより毎日が穏やかで、少しばかり滑稽な会話ができ、病気になった時、周囲に労《いたわ》りの気分さえあればそれで文句なく幸福だった。家族の誰かが、病気になった時、それに対する労りの気持ちに欠ける人というのはよくいるものである。別に病気になったら、全員で大騒ぎしろというのではない。只、病人の辛さを楽にすべき時に家族全員が一致団結するという空気は欲しい、と私は願ったのだ。

私はカトリックの学校で、幼稚園から大学まで教育を受けたのだが、修道院という所は、血のつながらない人たちが集まって暮らす場所である。そこで何よりも大切とされるのは病気になって寝ている仲間を見舞うということだというルールがあることは、後年知った。

生活には、料理、洗濯、炊事だけでなく、他にもさまざまな仕事がある。その中でどれを優先して行かねばならないのかを決めておくことは必要なことなのだろう。結果は病人を見舞うことが第一だった、というのである。

誰にも人生の行く先を不安に思い、自分は見捨てられているのではないか、と思う瞬間がある。そういう時にこそ仲間、友人たちが「そんなことはない。あなたは必要」と言ってくれることが、励ましにも、快復の力にも繋がるのである。だから修道院で、何にも増して大切なのは病人を見舞うこと、になったのである。

カトリックの学校で、私は単に学業だけではなく、人間として持つべき資質の順位をはっきりと教えてもらった。

中でもすばらしかったのは、愛というものについて教えられたことであった。聖書には「あなたの敵を愛しなさい」とある。私のように「敵は愛せません」と思ってもいいのだ。なぜなら愛というものは、「自然にそうなる感情」ではなく、無理して理性で、そのように感じるべきであるように自分を納得させることなのだと教えられた時から、私の気持ちは楽になったのである。

第4章　二番手の愉しみ

人を助けるという得難い機会

私は子供の時から努力家と言われていたが、実は運命主論者であった。

十代の初めに蓄膿症と言われる病気になった。鼻は詰まり、頭痛はし、うつむいて本を読んだり書いたりできない。私はもうデスクワークには、生涯就けないのではないかとさえ思った。ところがその時、アメリカからペニシリンという薬が入って来た。菌に悩む病人には、魔法のように効く薬だという評判だった。

知人がそれを、恐らく闇で手に入れてきてくれた。それを私は周囲の素人の処方で飲んだのである。

「そんな無茶なことを」と今なら誰もが言うだろうが、しつこい私の蓄膿症は、その荒療治のおかげで一度で治ってしまった。私はそれ以来、読書や書き物をする動作に困ったことはない。

私は次第に、運命の、時には暴力の方が、努力よりその人の生涯に大きな力を持つ、と感じるようになった。しかし外界に対しては、才能よりも努力という顔をし、親によく思ってもらうためにも、自分は努力型の人間だと思わせるようにしていたと思う。

しかし今振り返って、私が何か仕事をなし得たと思う時、そこには必ず幸運が居すわってくれていた。私の中にいる幸運の女神は、意外なくらい地味で、大きな顔をしなかったから、私は彼女の功績を無視することもできたし、それで彼女に「一種の報復」をされたという記憶もない。

もちろんことはそう簡単ではない。私は六十代以後、二度も足首を骨折したが、それが私にとって幸運だったと簡単に言ってはいけないであろう。その結果は歩行能力に障害を残したとも言えるが、逆にその体験を生かして、新たな仕事をした、と言えなくもないからである。

しかし私の心中でこんなふうにして「起きてしまったことから、何かを始める」という経過を辿ることは、実は願ってもないことだったのである。私は自分からは何も始めない性格だった。自分を過信することもいやだったし、たとえば昔風に言うと「クラス委員選挙」に立候補して手を挙げるようなことをして責任を背負いこむのもいやだった。その代わり、私は自分が卑怯者だと認めることには吝《やぶさ》かではないつもりだった。

しかし、自分では何もしなくても、人は小さな歴史に組み込まれる。働かされる。おもしろいことだし、考えられない光栄である。

一九七二年頃の或る日、私のところに一本の電話がかかって来た。全く知らない韓国の出版社で、私の著作物の韓国語版を既に出版したのだが、韓国はベルン条約に加盟していないので、原作者に版権を払う必要はない。

「従ってあなたにも払いませんが、本はできているのでお知らせします」という内容である。当時、韓国も中国も台湾も、同じ理由から著作権料を支払うことを免れていたのである。

その時の私の心理は複雑だった。ベルン条約にさえ加盟しなければ、どんどん海賊版を出せるという制度もおかしいが、一方で、実に正直な出版社だという気もした。黙っていれば、私は韓国語で自分の本が出ていることさえ気がつかなかったろう。何しろ私は自分の名前を書いたハングル文字も読めないのだから。

どうせたくさん売れるわけもない私の本のわずかな印税をどうしても取りたいわけではなかったが、私は少し意地悪をしたい気分もあって、「その点は納得しましたが、あなたの社が私の本で少しでも儲けたのなら、一部をどこかに寄付してください」と言ったのである。すると相手は「どこがいいでしょうか」と私に尋ね、私は普通なら韓国の事情など知る由もなかったのだが、たまたまカトリック系の或る新聞でその存在を知っていた元癩《らい》患者の施設「聖ラザロ村」というところに寄付をしてください、と言えたのである。しかしほんとうのところ、自分がもらえないお金など私はほとんど興味がなくて、そのままその出来事は忘れてしまっていた。

それから数カ月経った或る日のこと、一人の韓国人神父から電話がかかって来た。自分は安養《アンヤン》郊外にある聖ラザロ村の村長の李《イ》庚宰《キヨンチエ》神父だが、自分のやっている癩《らい》患者の村にあなたからのプレゼントをもらった。今日本に来ているので会いたい、という内容だった。

そして李神父が現れたのである。童顔の方だったので、私は自分よりはるかに若い世代かと思ったが、よく聞いてみると、朝鮮半島が日本領だった時代に、日本本土の小学校と同じ教育を受けられたので、日本語も達者で、私より数歳年上の方だとわかった。

聖ラザロ村は、聖書に出て来る信仰の厚いラザロという癩患者から名前を取ったもので、安養はソウルから車で一時間ばかりの所にある。村は厳密に言うと、「かつて患者だった人たち」が集って住む場所である。もはやはるか以前から、癩は簡単に完全に治る皮膚病になっていたが、昔からの偏見がまだ残っていて、病気の痕跡のある人は外界では生きにくい。神父はそういう人たちが、気楽に暮らせる村を作ったのである。

日本には終戦まで、韓国人に差別感を持つ人もいたようだが、私の時代にはもはやそういう空気はほとんどなかった。私の学校は、外国人の学生の多い所だったが、韓国人の学生たちのことは自然に「コリアンの学生」とシスターたちは呼んでいた。

コリアンという英語は、今は普通韓国を示すが、同時に文化としては北朝鮮や全韓半島を指しても不思議はない。私の中で、「コリアン」はまともな意味で早くから一つの外国人を示していた。

李神父は私に、聖ラザロ村の全貌を話してくれた。終戦まで、日本は韓半島全域にも、日本本土と同じくらい、癩患者に対して手厚い保護をして来た。しかし終戦と共に、こうした施設は韓国の手に返され、その結果多くの癩の施設からは患者が追い出され、兵舎などの他の目的に使われた。そんなこともあって、一時非常に減っていた癩患者の数はまた増えてしまった。

神父は若い神学生時代から安養の町はずれにある、患者たちが集って住む掘っ建て小屋の村を知っていた。神父になってからも、そこへ告解《こっかい》(罪の告白)を聞いたり、病癒の秘蹟を頼まれたりして行く事があったが、行きたくないなあ、と思う気持ちがちらと心を過る事があって羞《は》じていた。アメリカ留学が決まった時、「これでもうあの村に行かなくて済む」と思ったが、留学から帰ると、また吸い寄せられるように、その村に行くようになった。

それからの神父は、とにかく元患者たちが、尊厳を持って生きられるように生活条件を改善した。まずチャペル、宿舎、園内の道路などを造り、まだ食堂もない状態だったが、オンドルつきの宿舎は完成していた。それらの費用は、ドイツのケルン教区や、長崎の純心系の学校関係者の援助によって建てられた。

初対面の神父と話し合って、私はまず聖ラザロ村が一冬中全村の施設でオンドルを焚くための練炭代二百万円を日本の有志で集めることにした。神父は働けない癩患者たちが、韓国のような寒い所で生活することは合理的でないと言ったが、どうしようもなかった。

これが第一段で、その後私たちは、癩の専門の日本人医師をしばらくの間聖ラザロ村に送り、その後韓国人の看護師を一人雇う費用を出した。当時既に、日本でも癩という病気を見たこともない皮膚科の医師がほとんどだったのだが、私は幸いにもインドの癩病院で取材していたことがあって、そこで中井栄一先生とも知り合いになっていた。中井先生は、結局インドで、数万人の患者を診察したが、全インドの癩患者は当時五百万人とも言われており、「それを思うと虚《むな》しうなります」と京都弁でこぼされることはあったが、すばらしい気骨のある教養人だった。

そんな経過で数年が過ぎた時、李神父はまた私の家にやって来た。どうせまた寄付のことだが、私は神父と会う機会は楽しみだった。

「今度は何のためのお金ですか？」

というようなあからさまな聞き方ができるような関係に、私たちはなっていた。

今まで説明して来たように、元患者たちが一応辛くない生活はできるようになった。しかしまだ食堂がない。だから村人たちはめいめいの部屋でご飯を食べている。しかし神父は食堂をほしがっていた。食堂さえあれば、そこで皆が食事をできるだけでなく、時には誰かの話も聞けるし、コーラスの練習も映画の観賞会も可能だ。その食堂の建設費は六百万円だというのである。

私は素早く心の中で、募金の可能性を探ったと言える。金持ちはどこにいるかな、と考えたのである。私たちの仲間で、当時最高の売れっ子作家は梶山季之《としゆき》氏であった。梶山さんは美男で、性格が明るくて、金離れがよく、毎晩日暮ともなれば銀座の一流のバーに「出勤し」、月の払いが百万円という噂がある。梶山さんに三百万円を頼もう。彼にすればたった三月分のバーの払いだ。後の三百万円は、細々と出してくれる人たちで何とかしよう。

私がこういう皮算用をしても、それはおそらく数秒、数十秒しかかからなかっただろう。

しかし李神父は、その後で、私に言った。

「曽野さん、私はこのお金を一人の人から出してもらいたくないんです」

「え？」

と私は聞き返した。まさに読心術で見透かされたという感じだったのだ。

「どうしてですか」

私は平静を装った。

「こういう、人を助けるというような得難い機会は、誰かに独り占めにさせないで、皆に分けてあげて欲しいんです」

そうだ、そういうものなのだ。

通常、人は誰かのためにお金を出せば、出してもらった方が、出してくれた人にお礼を言う。それが常識だと思っていたのだ。しかし神父によるとそれは違う。出させてもらった方が、与えられた機会に対して礼を言うのである。

こういう人間関係を、これだけの明確さで言った人は、それまで私の周囲にいなかった。私にこういう人間関係を明快に一言で教えてくれたのは、韓国人であった。

その一言で、私は李庚宰神父の生涯の弟子となった、と私は当時書いている。神父と私との間には、かつての……終戦までの朝鮮人と日本人の……意識は全くなかった。怨念もなかった。私はその後もよく聖ラザロ村に遊びに行ったが、神父も患者さんたちも、私を親戚の人が来たように扱ってくれた。

当時神父の周囲には楽しい人がいたようである。神父さんは時々Ｍさんという日本人の男性の名前を口にした。

「東京の山手線の中で会ったんですよ」

と神父は言った。神父が俗に言う「ハイカラー」の服を着ているのを見て、不思議な服装だと思ったらしいのである。

「あんたは何をする人だね」

とMさんは聞き、神父が「カトリックの司祭だ」と言っても「それは何をする商売かね」とよく理解しなかった。

Mさんはしかし韓国へよく来ていた。ソウルにある「ウォーカーヒル」と呼ばれる博打場《カジノ》へ博打をしに来るのだという。神父の仕事はほとんど理解しなかったが、神父が病人だった人のために経済的に金が要るのだという現実だけは理解していた。

それからしばらく経った或る日、後から思うと、それは神父が私の所にも言って来た六百万円の募金を始めていた頃らしいのだが、Mさんは「今ソウルに来た」と神父に電話して来た。ボストンバッグに六百万円の賭け金を詰めて、これから一休みしたら、ウォーカーヒルに乗り込むのだという。その金を直接聖ラザロ村にください、などと神父は言わなかった。ただ、

「そんな大金をもって盗まれたら大変でしょう。安全な聖ラザロ村でゆっくりお休みなさい」

と言うと、Mさんは素直に従った。ボストンバッグを枕にしてかどうかは知らないが、一眠りすると元気を取り戻して博打場に向かった。神父はMさんを博打場の入り口まで自分の車で送って行った。

数時間するとMさんから電話が掛かってきた。

「神父、今までに六百万円儲けた。あんたのためだ。取りに来てくれ」

神父は大急ぎで迎えに行った。Mさんは仮眠を取った部屋で、神父に日本円で六百万円相当の金を渡した。神父の観察によると、カバンの中にはまだ金は残っていた。Mさんは、一休みすると、再び戦意をかき立てながら、博打場へ向かった。

「それでどうなりました？」

と私は興味津々で神父に尋ねた。

「結局、全部すったと言ってましたよ。聖ラザロ村にくれたお金が残っただけだそうです」

神父は楽しそうに笑った。

「それじゃ、今回Mさんは、つまり聖ラザロ村に寄付をしに韓国へ来たんじゃありませんか」

私も笑いが止まらなかった。いきなり六百万円を神父に手渡せばよかったみたいだが、Mさんは博打が好きなのだから、手間ひまかけて、奮闘したのは意味があることだった。

神様は、おもしろいことをする、と私は一年に何度か思う。考えてもいなかったような筋書を作るのは、いつも神なのである。信仰がないと、それを偶然と言うのだろうが、私からみると、神もまたこの小さな人間のドラマを楽しんでいるように思える。神は最高の作家なのである。通常の人間なら想像もできないような脚本に仕立てる。私のような作家がそんなことをすれば、「何をこんなわざとらしい話にするんだ?」と悪評の種になるのだが、神という脚本家が一枚嚙んでいると、誰もそれをわざとらしいとは言わない。

六十歳になった時、私たちはクラスで還暦記念の韓国旅行をした。私たちについた女性のガイドさんは、初め非常に事務的だった。しかし彼女が私たちにうち解け出したのは、釜山で食べ放題といううたい文句の焼肉屋に入った時、私たちの一人が「食べ残さないように。お皿にほんとうになくなった時以外注文するのはやめましょう。それからまだ旅の初めなんだから、食べすぎないように」と注意した時と、この聖ラザロ村を訪問した時だった。

その時初めて、聖ラザロ村の中を歩きながら、私は日本とここの関係を李庚宰神父の思い出と共にガイドさんに語った。

友情の手初めは尊敬である。そのためには、国民一人一人が、尊敬に価する人間にならなければならない、ということは、意外と忘れられている。

李庚宰神父が生きておられたら、七十年も前のことで、しかも当事者がほとんど生きていないこの時代になって、慰安婦問題を蒸し返せ、それが正義だとは決して言われないだろう、と私は思うのである。

沈みながら咲いた桜と湖底の十字架

『サライ』誌に、言語学者の金田一秀穂《ひでほ》教授が、「ダム汁」というエッセイを書いておられた。世の中には、ダムを見て歩くマニアという人たちがおり、彼らは、水位を調整するために時たま放水されるダムの放水路のしぶきを浴びることを「ダム汁」を飲むというのだという。普通の見物客はなかなか濡れるまで近く、放水路の傍には行かない。そこまで行ってこそ初めて、ダムに個人的に触ったという感動が生まれるのだろう。

ダム・マニアができるのは、ダムというものが、原則として到達しにくい山奥にあるからだ。簡単に日帰りで行ける場所もないではないだろうが、普通は行くだけでも大変な場所だ。ダムはつまり、顔を隠した女のようなものなのだ。

私は中年の頃、必要があって少しダムの勉強をした。「作り方」をたくさん見るには、日本の主な大ダムはほとんどできた後で、私は勉強を開始するのに出遅れた感はあったが、どうにか間に合った。

一九四五年の終戦時、日本中は空襲によって焼け野原になっていた。国民はどうして食べていったらいいかわからなかった。ないのは食料だけではない。住居も多くが焼失して不足していたし、衣服も古びて、どれもすぐ裂けそうになっていた。

地下資源もない日本が復興するには、まず産業の基盤となる電力が必要であった。水力発電の整備が当時の喫緊《きっきん》の課題だったのである。日本の川には、大正時代から作られた小さな水力発電所があちこちにあったはずだが、それらは一万キロワットを少し上回るくらいの小規模のものも多く、とても大産業を支える力はなかった。

私がダムの勉強を始めた頃、ダム作りの現場では、「土木屋」と言われる人たちの間で、「ダムというものは古来、神がここに架けよと命じたもうた地点がある」という言葉がまだ生きていた。素人が見てもこの言葉はよく理解できた。山岳地帯の航空写真を見ると、なぜかそこだけ川が湾曲したり、急に川幅が狭まっている不思議な地点がある。そこが水力ダムの建設地点となるのである。

そのような効果的地点を選んで作られたダムは、ほとんどが上流に向かって美しいカーヴを描いた曲線重力式コンクリートダムで、それはまるで新しい芸術のようでもあり、天に向かって捧げられた信仰告白の場でもあるようだった。もっとも、私のような素人はどうしてこれっぽっちの薄い壁で、上流に湛《たた》えられた膨大な水の圧力を支えていられるのかわからないくらいだった。

ダムという構造物は、どういう手順で作るのか私は勉強しなければならなかったのだが、初めからやり方を見せてもらおうとしても、お菓子はすでに焼き上がったものが多かったという感じだった。それで私はできたお菓子を見ながら作り方の説明を訊くか、少し手法や規模は違うが建設途中のほかのダムの見学によって類推するしかなかった。すでに当時の日本のダムの機能は、大正・昭和の水力発電所の時代とは違って、発電量も百倍くらいのものが、スタンダードになっていたのである。

その変化のきざしは昭和三十年前後に日本の現場に、大ダム工法と呼ぶべき技術が導入されたからだという。昔勉強したことで記憶もあやふやになっているが、その基本は、ダムの堤体《ていたい》に必要な盛り土をする作業能力が格段に上がったからだろう。掘削機械やダンプも大きくなったし、何よりそれまで「モッコと天秤棒」が現場風景だった人力が主たる土木工事の能力が、谷に張り渡されたケーブル・クレーンを使って大容量の土砂をバケットに入れて動かし、堤体のブロックにじかに落とすことができるようになった技術革新のおかげだったのである。

初期の頃、日本の大手ゼネコンが手がけた大ダムの工事は、しかし決して世間から温かい眼では見られなかった。彼らは自然を破壊する張本人と見なされ、そのような仕事を勉強しようとする私の取材に冷たい言葉が浴びせられることもあった。そんなくだらない思い出もあるが、結果的にはそうした計画が、日本の安定した余裕ある電力を作り出す結果となり、日本は世界で一流の工業国としての基礎を築いたのである。

私は一九六〇年頃から、まず東南アジア、その後アフリカの各地へ入るようになった。取材の目的もあったが、当時私が働いていたＮＧＯのお金を使った事業を見極めるために現地に行くという生活が始まったのである。

間もなく私が日本の実力を実感したのは、どこの国でも電力の供給が日本のように安定してはいないことだった。たとえば私はずっと後年、インドのバンガロールという南部の都市を経由して、その北に位置するビジャプールという貧しい不可触民の住む大都市に入る仕事が重なっていた。

バンガロールは国際線の飛行機も止まるし、アメリカのシリコンバレーに匹敵する最先端の電子産業が世界中から集まっている町として有名だったのに、その市街地でさえ、始終停電していたのである。

「シリコンバレーが停電するの？」

と同行の日本人は驚いていたが、世界的なレベルとしてはそんなものだったのである。

私は戦前の子供だったから、日本の終戦前後に、日本でも電力の不足が深刻で、時間によって電気が来たり停電したりすることのある生活をよく知っていた。その他に停電はしなくても、電圧が急に下がって電気が突発的に暗くなり、電灯が「ため息をつく」と言いたくなる事情が発生するのにもなれていた。しかし戦後の日本の弱電産業が、ほとんど世界的に独走してトップの技術を持つようになった理由は、いち早く整備された日本の電力事情の功績だろう、と実感している。戦後の日本の経済的死命を決したのは、日本の手がけた水力発電の建設であったと思われる。

もっとも、私は電力に興味があったわけではない。私は土木の世界に惹《ひ》かれたのである。私の長編には、田子倉《たごくら》ダム、名神高速道路、北タイのランパン・チェンマイ間の道路建設という三つの現場を書いているものがあり、そのために私は高速道路、トンネル、ダムの堤体建設の三つを勉強しなければならなかった。

しかし技術的なことは、ほんとうのところ、私にはどうでもよかった。ただ数年はかかる長い山奥の現場は、一つの舞台の場面であり、閉塞的な家か収容所のような面がないでもなかった。ただほとんどすべての人が、この工事をなし遂げることは、会社が儲けるだけでなく、「日本の社会のためになる」と信じていた。当時すでにそのような公共的なものの考え方は、時代遅れ、自然破壊と考える人も日本にはいたのである。

一つの川にダムはいくつも作る場合が多いのだが、時代と共に景観を損ねない為に、発電所の建屋そのものを地下に埋め込むことも普通になって来た。昔はダムの足元に見えていた発電所の建物が現在では眼に入らないことが多いのは、地下深くに秘密基地のように作られているからである。

しかしそこまで来る間、人々は厳しい自然の中で、人生の数年を過ごした。その間、各部門の人たちは、家族と離れ、山奥の宿舎に住み、月に一度か二度、東京や近くの地方にある我が家に戻るのである。

私はそこで幾つもの見事な人生の断片を眼や耳にした。まだ工事中の頃、私は森の中に、見捨てられたような建物を見た。工事用の重機は使い方が激しいので、タイヤのメンテナンスも大変であった。タイヤはパンクし、端がちぎれたようにむしられてしまう。タイヤ会社から、特別にその修理だけのために、人が送られて来ていて、彼らは離れ小島のような作業所で、朝から晩までタイヤの補修をしていた。

或る時、私は帰りの自動車の中で、その中の一人といっしょになった。ホームで電車を待つ間、私は彼と少し喋ることになった。

「毎日、お帰りになれますか？」

と私は尋ねた。

「うちはＯ市で近いものですから、大体帰れますが、少し遠い人は無理ですね」

「あそこでタイヤの修理のお仕事なさって、着替えてお帰りになるんですか?」

「現場にシャワーはありますから、埃《ほこり》だけは落として帰りますが、家内が言うんです。お父さんのワイシャツ、いくら丁寧に洗った後でも、アイロンかけるとまだゴムの匂いがするって言うんです」

また或る時、親しくなった現場の所長が言った。秋から溜め始めた湛水地《たんすいち》の水が、かなり溜まって遅い春を迎えた時であった。春、雪解けの水がどっと増える時初めて、新しく生まれた湖は、湖らしい顔を見せる。

「桜も遂に沈みましたね」

私が気楽に湖底に沈む部分の斜面に咲きかけていた桜について触れられたのは、工事の関係者が、いつも必死になって木々の命を救おうとしていたのを知っているからだった。

「そうですね。ソノさんは、どうお考えです? 桜は咲きながら沈んだか、沈みながら咲いたか……昨日うちの若い者が、そんなことを喋っているのを聞いて、どう考えたらいいのだろうか、と思いました」

「私の性格としては……沈みながら咲いた、という気もしますが……」

私は答えたが、はっきりそう思ったわけでもなかった。

また或る工事関係者は、家族に不幸をかかえていた。今さらのことではないし、家族が建設期間は別々に暮らすことは誰もが覚悟している。しかし別居しているだけに、いつも家に残して来ている家族のことは気にかかる。せめて毎日いっしょにいられれば、心配の種も減るし、事前に何か少しは配慮はしてやれるのに、と思う。

その頃、現場では、取水口の大きな管の出口が完成していた。そこに彼は思いがけないものを見たのであった。大きな十字架であった。取水口の口を支えるようにそのコンクリートの十字架様の構造物は完成しており、それは彼自身、青い図面の上では、何度となく確認していたものだったのに、その日突然意識の上で浮き上がってきたように感じられたのであった。

重い心を抱えながら、何カ月をこの現場にいたことか。それが自分には心の十字架のように感じられた日もある。そんな苦労の一切ないように見える他の職業の、「町で共に住める」家族を羨《うらや》む心もあった。せめていっしょにいられれば、皆が支え合って重荷も減るように思ったことは始終である。いつも現場にいて、家族と離れていなければならない仕事など、まともな人間の選ぶ職業ではないような気がしたこともあった。

しかしその十字架様の構造物を見た時、その人は、神が「お前の十字架を担《にな》え」とおっしゃっているように感じた。誰もが各々の十字架を持っているはずであった。それは生活する者にとっては、純粋の重荷でしかないが、しかしそれが、現世で神の仕事の重さを自分が部分的に請け負っていることの証《あかし》ではないか、と思えたのだ。

工事の始まる頃、自分はその十字架がこの現場で待ち受けていることを余り意識しなかった。しかし神は自分への啓示を視覚的にこうして準備していた。

完成後、ダムの取水口は湖に沈み、彼の運命を暗示した十字架の姿は、再び水没して世間の眼には永遠に見えなくなる。しかし自分は覚えているだろう。神は自分が一応は納得して受けた十字架を永遠に湖底に沈めることで、神と自分との間だけにできた約束を封印した。露《あらわ》なものは、日々自分の心を圧迫する。しかし隠れた所にいる神との約束は、この世では見えないが、実は永遠に、神と自分との間にだけできた重い関係として結ばれている。普通の平凡な人生には考えられないような頑丈な鎖で結ばれている。

捨てたければ、捨てていいよ、と神は言っているようにも思う。しかし自分はやはりその重い鎖を捨てる気にはならないだろう。それこそが、一生涯、神と自分を結ぶ太い絆だからだ。

私が長年見学していた高瀬ダムの近くには、工事用トンネルとして掘ったものが、何本か補修用のトンネルとして残された。当時私は盲人のグループと友達としてつき合っていたので、いっしょに外国にも旅行したし、国内旅行の企画をたてたこともあった。大抵の名所はもう行き尽くしている。ダムに行った事がありますか、と聞くと、そういう企画はなかった、という返事だった。

ダムは完成後も、なかなかの名所だった。その下流面についたつづら折りの道路を利用して、オペラの『アイーダ』を上演すれば、付近一体で数千人の観客を動員でき、有名な行進の場では、ほんものの馬も兵士も（費用のことを考えなければ）要るだけ使った豪華な場面ができる、と思って、私はその軽薄な思いつきを土木屋さんの一人に話したことがあるのだが、「ダムは発電以外の目的に使ってはいけないことになっております」と霞が関的な返事が戻って来ただけであった。

私はダムの事務所に盲人グループの見学を申し込み、「ついでに付近でお昼を食べさせて頂けますでしょうか。車椅子の方もいらっしゃるので、トイレも拝借できますか?」と頼んでみた。

すると温かい返事が戻ってきた。湖畔で焼き肉をどうぞ、と言われたのである。実はその前に私が、お宅の現場に、工事で使ったU字溝の残りはないでしょうか。それを拝借できたら、網と材料を持って行って、バーベキューをさせていただけるといいのですが、と厚かましいことを言っていたのである。

すると「どうぞ」という温かい返事が戻って来たのだが、行ってみると、不思議な地下の大食堂が、ダム完成後も使われている工事用トンネルの中にできていた。もうもうと煙を上げての焼き肉大会である。

後で聞いてみると、私の素人的なお願いは、実は不可能だったのである。その辺は国立公園なので、野外で本火を使えない。だから工事用トンネルを使わせてくださったのである。

眼の悪い人たちも、付き添いも大喜びだった。まずダムを見学した。水音が盲目の友人たちを迎えた。それからひんやりとしたトンネルの中で、バーベキューが始まった。これには、晴眼者の付き添いまで興奮した。トンネルの中でゆっくりご飯を食べた体験など持つ人はなかなかいないからである。賑やかな笑い声が、トンネル全体に響き、私たちは、一生に一度の体験を喜び合った。

後で聞くと、そのトンネルは数日の間、しみついた焼き肉の匂いが脱けなかったという。トンネルを走って来た工事用車両は、どうしてトンネルに入ると、こういう濃厚な焼き肉の匂いがするのか、謎が解けなかったであろう。

日本の大勝利と青い眼の修道女《シスター》

大東亜戦争と呼ばれた第二次世界大戦が始まった時、私は十歳の小学校三年生であった。もちろん日本が大東亜戦争に突入したことがいいことかどうかわかるわけはない。ただ運動会の「赤勝て白勝て」と同じで、緒戦の頃、日本が勝つことだけが誇らしかったように思う。

一九四一年の十二月に戦争は始まった。この日、天皇陛下が開戦のご詔勅を発せられたので、日本は戦争一色に染まった。もっとも戦争というものは、始めたら勝たねばならないものかもしれない。負けたら何も思い通りにならない。生きることはもちろん、人道を守る、などということも、勝たねば現実にはできないだろう。戦争の初めの頃、日本は連戦連勝だった。

十二月八日に開戦。同月二十五日に香港攻略完了、翌一九四二年一月二日にフィリピンのマニラ、二月九日にシンガポールの入口となるジョホールバルへ到達、同月十五日にシンガポール島を占領したのである。当時の「神国日本」には必ず勝利に導く「神風」が吹くから、勝って当たり前だったのである。

或る日のこと、学校へ行くと、普段は子供たちでも厳重に沈黙の規則を守らねばならない学校の廊下が大騒ぎだった。教室から洩《も》れた生徒たちの声である。

やがていつもの受け持ちの、青い眼の修道女《シスター》が現れた。イギリス人か、オーストラリア人である。いずれにせよ、日本が敵として戦っている国の人であった。

クラスの騒ぎは静まり返った。子供でも「日本は勝ったのに、修道女のお国は負けて、悲しんでおられるに違いない」と思ったのか、単なる礼儀として「相手が不幸になっている時に、その理由を種に喜んではいけない」と感じたか、どちらかだったのだろう。

するとその修道女はいつもと同じ穏やかな笑顔で言われた。

「皆さん、私に遠慮せず、今日は日本が勝ったことをお喜びなさい」

いつもならそういう場合、修道女たちは「カチッ！」とカスタネットを鳴らして「シー」と生徒たちに沈黙を命じるのだが、その日だけは、生徒たちの喜びを汲《く》んで、沈黙の規制を守らなくていいことになったのである。その勝利の昂揚《こうよう》を味わったのは、どの勝利の時だったのか。香港の時か、マニラの時か、シンガポールの時か、私は覚えていない。南方作戦において日本は連戦連勝に近い日々だったのだ。

私の通っていた学校は、戦前から大変国際色豊かな校風だった。日本の文部省令による小学校の他に、国際学級もあるので、そこには黒髪、金髪、亜麻《あま》色の髪など外見もさまざまな生徒たちがいた。まもなく文部省は、学校で英語を学ぶことを禁じるという愚《ぐ》を犯したのだが、私の家では母がそういう社会の動きに抵抗する人で、私には英語のプライベート・レッスンをしてくれるユダヤ人の女性を見つけて来た。そのおかげで私は、戦争中も細々とではあったが英語を学び続けることができたのである。だから私は今でも英語に強いとは言えないのだが、英語が怖いと思ったこともない。正式の場で交渉できる英語力ではないが、飛行機の隣席の人とならかなり自由に喋ることができる。

国際学級の生徒たちは、開戦後も英語で授業を受けることを許されていた。しかし時々それとなく聞いていると、彼女たちが友だち同士で喋っている日本語は不思議なことに関西弁だった。神戸にも私たちの分校があるので、国際学級の生徒たちの中にはさまざまな理由で、すでにそこで教育を受けていた子が多く、彼女たちの覚えた日本語は関西訛《なま》りだったのである。この生徒たちの国籍はドイツ、イタリアなどの枢軸国だったのだろう。まもなく学校の修道院からは、少しずつ当時の「敵性国」人の修道女たちが、姿を消していたことに気もついただろうと思うが、私はそこまで判断するほど大人ではなかった。

静かに、悲鳴も涙もなく、連合国と呼ばれた英米人の修道女たちが、まず私たちの視界から姿を消した。どこにあったのか、今もって知らないのだが、東京のどこかにそういう人たちの収容所があったようである。つまり修道女たちといえども、自由にさせておくと利敵行為と思われる日本についての情報を流すかもしれないと日本の軍部は疑ったのであろう。

現在、原則として修道女たちは、長く外国に赴任した場合、その国に帰化することになっている。私は、やっと日本の国籍を取れたことを喜んでいる一人のフランス人の修道女に質問したことがある。

「どうして今のまま、日本にいてくださらないんですか」

「いいえ、私たちは、最後まで日本人と運命を共にしなければいけないんです。危険になったら、私だけが生まれた国に帰れるような道を残すのは間違いで、いつまでも日本人として生きるためです」

当時のことを思い出しても、少なくとも私は日本の軍人が学校に車やバスを乗りつけて来て、修道女たちを強制的に連れて行くような光景を見たことはない。それは映画の中で作られた場面だ。

開戦直後にはまだあらゆる国籍の修道女がいたが、一人また一人と減り、いつのまにか「外国人修道女」と言えばドイツ、イタリアなどの枢軸国と呼ばれた国々の人たちだけになったようである。元々は、アメリカ、イギリス、フランスなど連合国と呼ばれた国々の修道女たちもたくさんいたから、その人たちの多くは戦後、全員ではないが学校に戻ってきたことになる。殊《こと》に私の学校に多かったのはドイツ人やイタリア人で、私たちは彼女たちから昔ながらのカトリックの深い信仰の中に育った人格を見せられたのである。

学校には、いつも静寂に包まれていた大きな聖堂があった。そこには常にそういう修道女たちが、完全な沈黙の中で祈っていた。彼女たちの黒い修道服の長い裾《すそ》やヴェールの衣《きぬ》擦《ず》れの音さえも聞こえるほどの静寂だった。だから私は騒音や音楽ではない、沈黙と静寂の味を充分に教えられて育った。

学校は都内にもかかわらず、六万六千平米以上もの広大な敷地を持っていた。助修道女と呼ばれる労働によって学校を支えることを選んだ人たちは、そこで牛を飼い、野菜畑を作っていた。

今の私なら、その光景についても文化的解説をすることができる。西欧人は決して、当時の日本のように畑で人糞を肥料に使わない。だから野菜を作るには、同時に牛か鶏を飼って畑の肥料を賄《まかな》う必要があった。それで私の学校には、牛小屋があったのである。

戦争が終わった時、私は激しい東京の空襲を避けて石川県に疎開していた。一九四五年の秋に私が東京の学校に戻ってみると、ほとんどの修道女たちはすでに学校に戻っていた。

まるで戦争などなかったような穏やかな顔であった。

私の学校の教育の厚みは、そのような現実的な形で国家の存在を喜び、時には対立に苦しむことを教えたことだった。それも実に自然に、罵声や告発などという姿勢とは全く別の形でなされていたのである。私は若い時から一切政治的活動に加わらなかったが、それは子供時代から、そのような対処の仕方ではなく、人間を守る方法を教えられていたからであろう。つまり私は、当時意識したことはなかったが、大変高級な姿勢の「人間の保ち方」を目指すようにしつけられていたのだと思う。

一般に親や社会は、子供に社会の歪《ゆが》んだ面を見せまいとする。世の中の大人たちはみな善良な人々で、争いを嫌い、全てを優しさで包もうとしている、と思わせようとする。しかしそんなことはない。私の教育的環境は、糾弾の叫び声一つたてず、人間の残忍さも崇高さも見せてくれたのである。

戦後数年経った後だった。私は当時、翻訳でアメリカの黒人作家の小説を読んでいた。その一つの場面が忘れられない。その本をなくしてしまって、再び古本を手に入れようとすれば数日かかるだろうから、いい加減な記憶で書くほかはないことを許して頂きたい。

アメリカの大都市で一人の黒人の走り使いの若者が、近くのホテルのお客の所にお誂《あつら》えの帽子の箱を二、三個届けることになった。彼はエレベーターに乗ると、小さいが新たな問題に困惑することになる。

　エレベーターの中には他のお客もいて、彼は自分の帽子を脱ぐ方法がないことに気付いたのである。両手が塞がっているからだ。もし彼が、顧客に届ける帽子の箱を床に置いて自分の帽子を取ったら、周囲の多くの白人の客からは非難の声が上がるのかもしれない。たとえそれが口から出たものであろうと無言のものであろうと、大体次のようなものである。

「まあ、この人、お客の帽子の箱を床に置いて！」

「こんなことをしておいて、平気で相手に届けるんでしょうね」

「それともこの人、最初からエレベーターの中で、帽子を取らない気かしら」

　そのような現実的会話が小説の中で書かれていたのではないかと思う。しかしストーリーは、多くの日本人には思いもかけないものが含まれていた。

　やがて一人の白人の老婦人が、にっこり笑いながら、自分の手で黒人の男の帽子を脱がせ、それを帽子の箱の上においてやったのである。そこで黒人の配達人は「サンキュー、マダム」と礼を言って、自分の目指す階で下りて行く。

　この場面には、複雑な社会の反映があった。「客優先」は、黒人白人の人種的差別のない意識であろう。それ故に、もしこの男が「お届けものの帽子の箱」を、エレベーターの中にせよ平気で床に置いたとしたら、それは一種の望ましくない社会的出来事になる。

既成の社会的慣習としては、エレベーターの中では、男性は帽子を取るのが常識である。エレベーターの中だけでなく、教室でも食堂でも教会でも、男は帽子を脱がねばならない。しかし日本の社会ではそんなことは誰も一度も教えてくれないから、男の子は何歳になっても、エレベーターや食堂の中で帽子を取るという礼儀を知らない不作法者として大人になる。

真の親切とは、このような窮地《きゅうち》に立たされた配達の男を社会的危機にさらさないことである。だから彼の帽子を取ってやった親切な白人の小母さんに、彼も「サンキュー、マダム」と礼を言っただろうし、小母さんもにっこり笑顔を返したに違いないのだ。しかしこの小さな帽子事件は、決して無事に終わったとは言えない。

なぜ男は女の前で帽子を取らねばならない習慣があるかは、一度深く掘り下げてみたい問題だが、ここには他にも配達人が黒人で、しかも職業上のエリートではなかった、という条件がある。たとえ黒人男性が帽子を取らないまま、その場を無事に済ませたとしても、恐らく当事者のいない所で別のドラマは存在しただろう。小母さんたちは、その後集まって、ランチを食べるか午後のお茶を飲むかして、その時に言うのだ。

「この頃の配達人は無礼なのよ。エレベーターの中で、帽子も取らないんだから。そういうのが増えると、町の空気が悪くなるでしょう」

「この辺の町にはそういうのはいないと思ってたけど」

「でも最近は景気がいいでしょう。だから走り使いをする人がいなくて困るらしいのよ」

彼女たちの会話の中には、侮蔑《ぶべつ》的に黒人を指すような言葉は一つもない。しかし暗に差別を匂わせる語調は含まれている。

そこで初めて、黒人配達人の帽子を取ってやった白人の老婦人の存在が、複雑な意味合いを持って来るのだ。

「人種間」「国際的」などという言葉を私たちは普段平気で使っているが、実は恐ろしく深い根と歴史をもっている。看過してはいけない部分を、何か曖昧な常識とか優しさのようなものでごまかしている。

それならば、人間はそれをごまかさなければいいのか。そんなことをしたら、始末が大変だ。私たちはその些細な事件の澱《おり》のようなものの始末に、法外な時間とエネルギーを使うようになる。それをしなければ、次の瞬間、私たちは事件が立てた埃《ほこり》で窒息しそうになるだろう。人間にとって何よりも大切なことは、今日この瞬間を生きていることだ。窒息も飢えもせずにどうやら生を続けることなのだ。

私の受けた教育は、この間の人間理解と理解を諦《あきら》める絶望の双方、そしてそれでも相手を生かすことのできる妥協の方法を教えてくれた。
小さなことだが、それは大きなことだったのだ。

イタリアの乞食人形

当然のことだが、時代が変わるにつれて、若い世代にはわからない言葉や考え方も増えてきた。

昔は、今のように電気も普及しておらず、空調も完備されていなかった。暖房というものは、空気を温める空間が小さければ小さいほど有効なはずである。だから、理論としては公衆電話ボックスくらいを温めるのが一番いいのだが、人間それでは長く暮らせない。三畳一間とか、四畳半の暮らしを考える。日本人の四畳半一間の生活というものは、そうした意味で考えると、実によくできた哲学的空間である。

日本人は泥の付いた靴をちょっと拭うだけで家の中に入る。外国風の生活では、靴底の土や泥を部屋の中に持ち込むわけだから、床は家畜と共用で、つまり汚い平面だ。だから人間専用のベッドや椅子が要る。しかし、日本人は玄関で泥靴を脱いで、人間専用の清潔な座敷に上がる。頭のいい処理法である。

生活というもののどこに基本をおいて考えるか、ということに、この二種類の生き方は係わっている。日本人は畳一枚あれば清潔に寝られる。一枚の畳か薄縁《うすべり》があれば泥を持ち込まないで済むから、そこで座業、食事、就寝ができる。つまり、極限の貧乏生活だ。しかし西欧文化では、少なくともベンチとテーブルがなければ、動物と違う生活はできない。

そしてここ二、三十年の間に、日本人の生活は大きく変わった。文化的にも経済的にも違ってきた。私が子供の頃は、まだ普通の家は和室ばかりでどの部屋も畳だったから、畳の上にちゃぶ台と呼ばれる低いテーブルを出して食事をし、夜はちゃぶ台を片付けて代わりに蒲団《ふとん》を敷いて寝た。つまり、すべて可動式家具だったのである。

間取りとしては、八畳の部屋を二つ、六畳の部屋を田の字に並べ、奥の襖《ふすま》をすべて取り払うと、四十畳に近い広間ができる。そこで結婚式の三々九度の式も挙げられれば、披露宴もできるという発想だった。もっともそのために、お蔵の中は、何十人分かの漆《うるし》のお椀やお膳を用意してある家もあった。祝い事があると、一族の女たちが総出でお膳にごちそうを用意し、広間に坐っている客たちに運ぶ。宴が終わると何十人分かの食器を洗って、塗り椀は最後に紅絹《もみ》の布で拭ってまた桐箱に納める。殊《こと》に田舎の旧家などでは、ホテルで宴会をやるだの、仕出屋を頼むなどということは全く考えられないことであった。

私の父は東京の「大」でも「小」でもない「中企業」の経営者で、新年には社員と呼ばれる人たちが挨拶に来るのが習慣だった。暮れの数日の間に、母が「お節料理」なるものを二日ほどかけて作ったり、買ったりする。黒豆、かずのこ、田作《ごまめ》、蒲鉾、伊達巻きと呼ばれる卵を巻いたもの、小鰭《こはだ》の酢漬けなど、お正月の定番である。

それらは、つまり日保《も》ちのする食品であった。元旦から三日まで、女たちは料理から解放され、こうした作り置きのおかずを食べる。これらはおかずであると同時に、酒のつまみでもあったのである。

しかし考えてみると、お節料理は食物として円満具足なものだったと言えるだろう。栄養の偏りがちな正月三が日の間に、野菜と小魚と豆類によって、カロリーも蛋白質《たんぱく》もカルシウムも摂取できていた。私はそれらの料理が「大好き」とは言えないが、嫌いで食べられないものもなかった。

現在の私たちの暮らしでは、冷凍食品が巾《はば》を利かせている。それらは特においしいとは言えないが、まずくて食べられない、と文句を言うほどのものでは決してない。日本の貧しい時代を知っている私は、たいていのものに、或る種の感動さえ持って食べている。食品のおいしいまずいは、原材料と、それにかけている手数で評価されるべきだからだ。だから、こんなにいい加減にお湯をかけたり、電子レンジで「チンする」だけでこんな味になるなんて、奇蹟に近いと思う。

もっとも、手をかけなければおいしくならないと思うのは、私たち消費者が原産地と離れて住んでいるせいだ。いま私は、うちの畑で採れた新ジャガが玄関の土間に並べてある海の傍《そば》の家で暮らしている。この採りたてのジャガイモの料理法は素朴なものだ。茹でたあと、天然の海塩を振って食べるだけで絶品なのである。

時々若い人たちと喋っていて驚くのは、ほとんど料理の原則を知らないことである。推測してみると、家庭内で野菜か肉を切ることから始める料理の機会が実に少なくなってきているので、人間が調理している場面を見たこともない人が多いのだろうと思う。

現代社会では平等ということが、一種の理想であると同時に、社会の大原則である。そして平等を実現するためには、或る程度国民全体が教育を受けており、しかも社会がお互いへの愛を自覚できる環境になければならない。

私は度々、発展途上国の教育施設を訪ねる。そこで、私たちの手持ちのビスケットなどを先生に渡し、そこで学ぶ貧しい社会の生徒たちに配ってくださいと頼むこともあった。

私たち日本人だったら、まず箱の中の枚数を確かめる。生徒の一人に一枚ずつ渡していって数枚余るようだったら理想だ。

しかし多くの先生は、そんなことはしない。いきなり二枚ずつ渡していって、最後の数人になって、やっと「おや、これでは足りなそうだ」と気づき、一人一枚ずつにしたりする。

生徒たちはもちろん、枚数の違いに気づくが、それで不満そうな顔を見せたり、争いを起こしたりすることはない。一枚ももらわないより、今まで口にしたこともないような上等なお菓子を一個もらえる方がいいと知っている。

多くの外国人は、日本人よりもっと不平等に慣れている。生まれながらの階級の差がある国も多いし、大きな権力や富についても、日本人よりはるかに格差のある社会を見慣れているからである。というか、平等は私たちが目指すべき理想だということはわかっていても、現実世界では平等になることはないということを、体験として認識しているからだろう。

エベレストが低ければ、そこへ登ることに誰も夢中にならない。問題や危険が多いから、人はそれに挑戦するのである。歪《ゆが》んだ社会に耐えて生きようとするとき、人間は登山の苦労と同じように、多くの備えをするのである。

最近、「乞食《こじき》」という言葉を知らない世代が増えた。「物乞い」のことだと言うと、「あ、それなら知ってます」と答えた人もいる。

「乞食」は食いつめて路上生活し、缶詰の空き缶などを置いて道行く人にお金を乞う人々のことだった。昔の東京の銀座には、道端に必ず赤ん坊連れの乞食がいた。垢《あか》だらけの着物の胸を少しはだけさせ、乳飲み子にお乳をやりながら、乞食をしていた人もいた。「あの赤ん坊は借りてきたものだぞ。赤ん坊がいると同情が集まって、おもらいも多くなるんだ」と教えてくれた人もいる。

戦前から戦後の或る時期まで、日本には生活保護などという着想も制度もなかったのだ。そしてその頃には、日本だけでなく、インドなどにも乞食の組織があるのが常識だった。つまり、子連れの母は独身の男の乞食より同情された。貧困の表現として、子連れの方がインパクトが強かったし、身体的欠損のひどい人の方が、一見五体満足な人より乞食の世界では「格」が上だった。

本誌（W・i・L・L）では書けるだろうが、一時代前の日本のマスコミでは「乞食」という言葉を使うことさえ許されなかった。「原稿を書き直してください」と突っ返されるのである。

「なぜいけないのですか？」

「差別用語で使えないことになっているのです」

「じゃ、乞食をしている人たちのことは何と書けばいいんですか」

「物乞い、と書いてください」

「同じことじゃありませんか」

「しかしマスコミの世界では現在そうなっているんです」

というような会話が、私と編集部の間でやり取りされてうんざりしたのは、もう二十年以上も前のことだ。

私は、生まれつき強度の近視だった。それで自分のことを「ド近眼の私は」と書いても、当時はそれも拒否された。「ド近眼」という表現は差別だと相手は言うのである。「でも私は自分のことを言っているんですよ。他人をド近眼だと嘲《あざけ》っているんじゃないんですよ」と言っても「悪い表現は使ってはいけないことになっています」の一点張りである。

そもそも、文学は愛も喜びも書くが、憎しみや悲しみを書くのが目的のときもある。綺麗ごとだけ書く文章で文学が成り立つと思うのは甘かろう。現世にれっきとして存在している乞食を「乞食」と書くな、という程度に、日本のマスコミは偽善的になっていたのである。その背後には「悪い言葉を使う人」はマスコミの世界からも駆逐するのが人道だと言うおかしなヒューマニストがいたからである。悪い状態を改良するには、悲惨で悪い言葉を使ってその実状を知らしめねばならない。表現や言葉やそのものには道徳はない。道徳はその言葉の使い方の結果として発生する。

或る朝、私はインドの田舎の駅の、人気《ひとけ》もないプラットホームにいた。すると向こう側のプラットホームに、廃材で手作りしたと思われる車椅子に乗る男がいた。実に無礼な表現になるが、私とおなじプラットホームにも一人の人物がいて、彼もまた恐らく、インドの再下層階級に属するだろうと思われる身なりと顔立ちをしていた。

こちら側の男が向こう側の車椅子の男に声をかけながら、垢でよれよれになった札を指先でひらひらさせてみせると、身障者の男は何か言い返した。それは「金を自分のところまで持ってこい」という命令のように、私には感じられた。

そして、二人の男たちは、私の推測と同じように行動したのである。駅には一応、連絡橋のようなものはあるが、誰もそれを使っていなかった。隣のプラットホームに行きたければ、誰もが線路に降りて、レールを横切って行く。私と同じプラットホームにいて声をかけた男も、線路に降りて隣のプラットホームへ行き、少額の紙幣を渡した。そして車椅子の男は、やや威張った態度で受け取った。「もらって当然」か「もらってやる」か、身体の態度がそのどちらかの科白《せりふ》を言っているようだった。

私はその日の午前中の「娯楽」か「授業」かは、これで充分という気がしていた。外国で暮らす一日は、その一分一分の間に私の眼に映る光景がすべて教科書である。その意味が分かることもあれば、分からないままのこともある。

この国において、障害者として物乞いをしている男は、どのような社会的立場を持つのか。障害が憐れみや貧困の条件と日本人は思うようだが、実は外国では障害は一つの「資格」か「資産」と思われている面がないでもないらしい。

昔は、癩《らい》によって手の指を失う人もいた。今日では、癩は感染しても非常に治りやすい病気である。特効薬があるし、麻痺《まひ》や傷によって手指を失う前に、治療の手段が整っている。

「癩は、今じゃすぐ治る始末のいい病気なんですよ。治りにくい、という点では、水虫の方が厄介だ」

と笑った皮膚科の医師も、一昔前には既にいたのである。しかし途上国ではそうではない。年に一度飲めばいい予防薬も届けにくい僻地《へきち》があるし、患者たちは栄養状態が悪いから、癩を発症したのである。

癩は結核に似た病気で、全身状態によって大きく左右される。昔、私は二週間ばかりインドの貧しい人たちのための癩病院にいて、その間に数千人の患者さんの皮膚にも、血膿《ちうみ》のついた包帯にも触った。万が一にせよ、数年の長い潜伏期間の後に、私は癩に感染したかもしれないと思ったことが何度かあり、その場合にはこの日本人医師もいる病院に来ようなどと思った。それを口にすると、日本から来ているドクターは、ちらりと私の全身を眺めわたして、

「そんなに太っていらっしゃるようじゃ、とうてい癩は出ないな」

と皮肉に笑うのである。まだ少し若かった私は、この言葉で多少傷つかないわけでもなかったのだが、その度に「ああ、それなら私は辺地の取材に向いているんだ」と自信を取り戻すことにしたのである。

或る冬、私はイタリアにいた。クリスマス直前である。息子はもう成人していたが、私は町の玩具店の前でショーウインドウを眺めていた。オレンジもぎの季節労働者、井戸の傍《かたわ》らの水汲み人夫、ピザ焼きの小母さんなど、あらゆる職種の人形が、台座に入れられた乾電池によって簡単な動作をしてみせていた。

これを毎年一体ずつ買い集めていくと楽しいお人形のコレクションになるだろう、と思えるが、中に一体だけ異形の人形がいた。その男は地べたに坐ったまま、手にしたザルを左から右へたえず動かして自分の前を通る人から金をねだっている。つまり乞食なのである。そういえば、彼はそれなりに粗末な服装であった。

ほんの数秒理解するのが遅れたが、私は感動に捉えられた。乞食もまた、一種のれっきとした職業として解釈されているのである。彼もまた一生懸命ザルを動かして、家族のための小銭をもらおうとしていた。乞食という言葉の排除によって、その存在自体を無視しようとする日本と違って、イタリアでは必死で乞食をする男の働きを、一種の立派な職業と認めているのである。

その態度の方が、強く人間性に結ばれているだろう。日本の浅はかな差別排除の視線の中で暮らす乞食の一家は、イタリアならどれだけ心温かく暮らせるか、という思いも強かったのである。

二番手の愉しみ

昔私がよく会っていた一族の最高齢者は数え年七十七歳の祖母で、いつも髪をきちんと後で束ね、長火鉢の傍《そば》に座って煙管《きせる》で煙草《たばこ》を吸っていた。改めて考えてみると、女性の高齢者が煙草を吸うことに私はもっと驚いてもいいはずだったが、その祖母の喫煙する姿は落ちついていた。長火鉢の傍は、彼女の心遣いの小さな世界だったのである。

彼女はそこでいつも適当な時に炭を足し、娘が孫を連れてやって来ると、沸かしていた鉄瓶のお湯でお茶を淹《い》れた。引き出しを開けるとお茶の缶があり、その中に狐色にこんがりと焼けたかき餅が入れてあった。それは私のような孫に食べさせてくれるために、彼女が焼いておいたものなのだが、後年私はかき餅を焼くのには、一種の技術が要《い》ることを知った。

つまり、火が盛んな時に乾いたかき餅を焼こうとしても、表面が焦げるばかりで、芯まで火は通らない。一日中火の番をしているような祖母は、炭火がもう消えかかりそうな頃、餅焼き網を乗せて、かき餅焼きを始めるのである。火力が弱ければ、いつ焼けるかわからないほどだったろうけれど、それがかき餅を焼くのにはいい火力なのである。

焼きあがると、祖母は新聞紙の上に焼けたお餅を置いてしばし冷ます。あら熱が取れると同時に、かき餅はぱりっとする。それをお茶の缶に入れて保管する。そして自分の手で缶から出して与える。心の通う関係が、長火鉢のおかげで無理なく完成する。

昔、駅で切符を買う時、客の方はおろかでよかった。窓口の向こうの出札係の人に聞こえるような声で、行き先の駅名さえ言えばよかった。しかし今、私のようにめったに外出しない人間は、ちょっと大変だ。網目のように拡がった東京の交通を示した図の前で、自分の行き先の駅名を見つけ、ついでにそこ迄《まで》の運賃を確認する。それから乗車券の自動販売機の前で、その運賃に該当するボタンを押し、お金を投入する。一万円札しか持ち合わさないようなドジをしている時には、それでお釣りが出るかどうか一瞬緊張する。

自動ナントカ機と人間の対話の場では、必ず機械の方が利口で、人間の方がバカなものだ。だからとりつくろわずに、バカらしくゆっくり考えればいい。

近年のことだが、昔クラスの秀才と思われていた友だちが、カナダの田舎で何十年かを暮らして、日本にやって来た。

東京では外出が大変なのだという。電車もバスも乗り方がわからない。バスでは運転手さんの脇についている機械の、どの部分にコインを投入していいのかもわからない。うまく行ったらお釣りを取るのを忘れた。思うにそうしたドジの多くは、高齢者が機械の前に立つ時、前の人はどうするのかよく見ていないからなのである。

私は一応仏教徒の家に育ち、幼稚園の時からカトリックの学校に入れられたので、日本国民が当然知っているはずの神事にあまり触れる機会がなかった。基本的常識が身につかなかったのである。

後年、もう六十歳を過ぎていて記憶もよくなくなっていた頃、或る財団の責任者になり、始終神事にあずかる機会があった。私はその時に一番緊張し、行動の手順を覚えられないので、拳に小さくアンチョコを書いておくことにした。「一礼二拍」と書けば、まず一度お辞儀をして、それから二度拍手《かしわで》をうつのである。私の拍手はどうも安っぽい音しか出なかったが、間違いをしでかさなければそれで安心していた。

私は当時、六十歳を過ぎていて、日本のような社会では年長者から先に礼拝したり、お茶をもらったりすることがあるので致し方ないのだが、つくづく二番目以下になりたいと思っていた。二番目以下なら、雑事に関しては、先の人の真似をすればいいのである。それも人生観や生き方まで真似をする必要はない。どうでもいいような作法の部分だけを真似すればいいのだから、二番手以下なら戸惑う必要はない。

私は自分を見栄っ張りとは思わないのだが、公の人目の多い席で、間違った行為を取ると、その後、丸一日や二日、思い出すだけで自己嫌悪に囚われる癖《くせ》があった。失敗なんて大したことではないじゃないか。むしろ世間はあっけにとられるような他人の失敗談を愛する傾向さえある。哲学的な評論をお書きになる某先生は、ズボンをはくのを忘れて大学にご出勤になった時から、人気は更に上がったようだということもあるし……。

マラソンランナーは、ゴールの直前まで一番手の選手の後にぴったりとついて走っている。そう解説されて、へえ、そういうこともあるのか、と私はびっくりした。昔相当なデブであった母は、よく子供の私を風下におくようにしてくれていた。そして本当に太った母の風下は北風とは無縁で、陽だけが溜まっているように感じられた。

体操の時間に、一人ずつ、ある運動をさせられるようなことがある。たいてい順序はアイウエオ順であった。青木さんが一番早くて、損な目に遭《あ》う。後の順番になったら、難しい点を、早い順番の人に聞けるのである。私は運動神経がなかったから、こういう「苦難」が来る時には、いつも緊張していた。

「跳び箱を終わったら、跳び箱の廻りを一周しなければいけないのよ」

と早い順序の子が教えてくれると、真剣に聞いていた。私の旧姓は町田だから、アイウエオ順の名簿の上では、半分より後になることの方が多かった。その間に私は、順番の早い人のやることを見ていて、どこが難しいかを考えていた。そして青木さんや池田さんのように、早く順番が廻って来る姓でなくてよかった、と本気で喜んでいた。

クラスには必ず成績のいい子がいて、それがその科目を教える教師の喜びでもあり、頼りにもなっているだろうと思われていた。私の若い時の英語のクラスには、必ず外国（イギリスかアメリカ、或いはその他の英語を使う土地）で暮らして来た経験を持つ子供がいて、その子が身についた英語の学力を持っていて、私など初めて聞くような表現を使いこなしていた。私は羨《うらや》ましくもあり、何かわからないことがあれば、彼女に聞けばいい、と安易な形で頼りにしていた。

子供の頃から、イギリスで暮らしていた同級生の中には、私が話しかけると、「ちょっと待って」という人もいた。特に何をするわけでもない。読んでいた本にしおりを挟み、おもむろにしまうだけである。私だったら、そういう行為をしながら相手の話を聞くだろうと思うのだが、彼女はその間何も言わなかった。それからおもむろに「なあに」と私に用事を尋ねた。

ずっと後になってから、私は彼女に「あの数秒、数十秒を何に使っていたの？」と尋ねたことがある。すると「頭の中の横を縦に直していたのよ」と笑いながら答えた。

つまり彼女はそれまで横文字のローマ字の本を読み、思考まで左から右に流れる外国語で考えていた。つまり横組の思考であった。それが私に日本語で話しかけられた瞬間から、上から下へ、右から左に流れる日本語に機能を組み換えていたのだという。私はすっかり感心してしまった。キザなことを言う人だと思わなかったのは、その行為が、動物的な運動機能だとわかったからだろう。人は歩く時、右足を出したら次は左足などと、決して意識的には思わないものだ。しかし、一度病気になって脳の一部が動かなくなったら、右の次は左だと、いちいち自分に命じなければならないはずだ。

人間は、普段、健康で当り前だと思っている。しかしそれは思い上がりなのかもしれない。少し体のどこかに弱点ができれば、右の次は左だぞ、と、自分の手足に号令をかけなければ動かないようになってしまうだろう。

私には軍隊での勤務経験はないが、もし前線に出て、敵陣に向かって「突撃!」ということになったら、私はどういう行動をするかな、と考えたことはよくあった。私は終戦の時、十三歳だったのだから。

勇敢な兵士として真先に飛び出して戦死するか、それとも、人々の後から恐る恐る塹壕《ざんごう》から出て、弾丸に当らないように卑怯者の計算をしながら前進するか、と言われると、私は間違いなく卑怯者の行為をするような気がする。まだ高校生の時代から、真先に呼び出されると、ダンスだって上手くできないことを知っていたのだ。その点、人のパフォーマンスを先に見られる後からの番になれば、少しはうまくやれるかもしれないというものだ。しかし人の眼につくのは、早く飛び出す人なのだ。後からのろのろでは、数字の正確な答えを出したってあまり目立たない。

大学に入学する時や、卒業して入社する時だって、トップで入る人ばかりではない。また好きな仕事を選ぶ人ばかりではないことが、私には不思議だった。

私は人よりほんの少しだけ幼い時から英語になじみ、文学が好きだったうえに、人とつき合うのが苦手だったから、卒業後の仕事としては翻訳をしたいと思っていた。初めから自分の名前を訳者として使ってもらえるとは思っていなかった。どの外国語にも、訳者として世間に名の通った先生たちがいる。その人たちは、たくさんの本の出版を頼まれているから、多分下訳をする人を抱えているのだ。その下訳の下訳係としてなら雇ってもらえるだろうか、と私は甘いことを考えていた。しかし、それでも原稿用紙一枚何百円かのお金は稼げるだろう。

中年以後の男たちが集まって、クラスメートや知人の噂話をしている場に居合わせたこともある。彼らが時々、「あいつは二十期だったたっけ？」とか「いや、あいつは僕より二年上だ」などというのは、それで年を確かめているのである。それによってその人が「年より健康状態が悪い」とか、「世間で予期する以上の出世をしている」ことを確かめ合っているのである。時には「もう死んでも仕方のない年だ」というのもある。

そういう話題の中に存在する情熱は、単純なものだ。相手が不運な時は、話題の中に同情を籠《こ》めればいいのだし、相手の運がいいことが少しばかり自分の中で不愉快に思えたら、人々は話題を変えるのである。しかし大人びた多くの人たちは、幸運に思える知人のことをよく語る。自分の運も、決してそういう相手に劣らないだけの強いものだということを示すためである。だから他者のことを語っているようにみえても、そういう場合、人は己を語っている。

複数の知人たちが集まって喋る時、あまり自分のことを語らない人がいる。考えようによると、実はそういう人がもっとも自分らしい足どりで歩む道を定めているのかもしれない。

自分が語ったって語らなくたって、また他人が自分のことを注目してくれたってくれなくたって、自分の運命は全く違わないことをその人は知っているのだ。むしろ他人が投げかける雑音のような評価が少ない方が、日々の平安が保たれることを知っているのだろう。

他人から良く思われ、褒められたり表彰されたり、マスコミに注目されたり、賞をもらったりすると、家族や知人はおめでとうを言うのが普通である。しかし長い目でみると、周囲の褒め言葉はその人の人生にあまり大きな力を持たない。それより、当人が辛抱のいいこと、ほんとうにその作業が好きなこと、などの方がずっと大きく継続する基本的な力を与える。

その意味で、人は好きなことをするしかない。それが一番強く、大成する原動力になる。そもそも人は自分の嫌いなことを長く続けられるわけがないのだ。それなのに優秀な大学を出た青年でも、就職先を選ぶ時、「上場銘柄の中でも一番有名な会社」を選んだり、とにかく世間でもっとも名の通った存在と繋がろうとしたりする。

社長になることが出世の究極かどうか、私は疑わしいと思うが、それでもなりたければ小さな組織を就職先に選ぶことが人生を楽に生きる道である。

大きな会社はそれだけ社員も多く、自分と同じ道を歩もうとする競争者の数も多い。しかし世間通りの悪い会社に勤めれば、出身校の比較においても、知能の優劣の面でも、自分を追い落とそうとする相手の数は減ってくるのである。こんな分かり切ったことさえも理解しない人が、自分は優秀な人物だと思って、とにかく世間に名の知れた就職先を決めたがるのだ。

就職の時、自分の好きな仕事ができるということで、決める人もいる。植物が好きだったら、植木職がいい。あの人は腕がいいとなれば、世間に知れた名園のご指名にもあずかれる。植木なんぞなにがおもしろいんだろう、と思っている人が、その仕事に就いたら、日々は毎日が地獄になる。こんな割の合わない話はない。

私は昔から書くのが好きだった。どんな時でも書くものがあれば書けた。最近では、私は夫の亡くなった夜、ほんの二、三枚書いてみたことがある。現在の自分の心理に押し流されず、書きかけていた世界の続きを書けるか、と思ったのだ。私はひどく疲れていたが、書けた。私はやはりプロであった。喜ぶべきことでも悲しむべきことでもない。私はもう六十年もそのような現在の心情を超える「修業」をして来ているから、作家としてどうやら生きて来られたのだ。仕事は才能のあるなしではなく、継続に耐えられるかどうかだけ、というのは本当なのかもしれない。

トップではなく、むしろ二番手につく人の方が長続きするというのが偉大な真実だということに、私たちはもう少し早く気づくべきなのだ。

『新潮45』の悲しさ

ジャーナリズムというものの原型は「起きたこと」を記録することだから、これはまことに自然な論点のつかみ方だと思われる。

マスコミという世界の「真っ只中」に、とはいえないが、何十年もの間私はずっと出版という名のさざ波に洗われる海域にいたわけだから、クラゲが海中でのみ生き続けるように、出版の世界は「私の生きる空間」になっていた。

父の代から「ジャーナリスト」であった亡夫の三浦朱門は、平凡な東京のサラリーマンの家庭に育った単純な頭の私に、早くからマスコミの仕組みを教えた。大抵の場合、彼の判断は「それも仕方がない」という解説だった。彼はいかにも楽しそうに人間の弱さに光を当て、笑いながら当事者の心情も解説してくれた。

考えてみれば、「それも仕方がない」という発想は小説の基本だった。親友が借金を踏み倒しても、一家全員が「バカな男」と知っていた男と女房が駆け落ちしても、「それは仕方がない、あり得ることだ」と思えばテンションはあまり上らずに済む。

世間は『新潮45』の休刊について、あれこれと憶測を立てて言っていたが、私はつまり雑誌が売れないから「整理をした」のだろうと思っていた。私は整理好きだから、それを少しも悪いことだと思えなかった。五十代から、それこそ畳一枚ほどの庭の畑にコマツナの種を播くことも覚えたが、そんな畑だって整理は要るのだ。世間が賛美する「皆に優しく」ではなく、弱々しい苗は引っこ抜くことで「整理しろ、間引きしろ」が農業の原則である。

私は今憶測でものを言って、関係の誰かにひどい無礼を働いたのかもしれない。『新潮45』編集部は「ご挨拶」に来て下さったが、友好的な空気の中で、部外者は理由など全く聞かなかった。雑誌がなくなったという事実は変わらないのだから、理由など知る必要もない。いつかまた再開されて、「ご縁があったら」私は書かせてもらうことになるかもしれないという可能性がなくはないが、私の歳を考えるともうその機会はないだろう、と思えた。しかしこうした一連の変化は、悪意もない爽やかなものであった。

その後、私の耳にはさまざまな雑音が入ってきた。『新潮45』の最近の一冊がＬＧＢＴの特集をして……それが世間を怒らせるきっかけだというが、誰の論文のどこの部分がそれに該当するのか調べる気力もない。多分年齢のせいだと思うが、気が付いてみると私は成人してから六十年以上、いろいろな人とかなり自分の会話のできる付き合いを続けてきたのだが、その中で「あなた甘いもの召し上がりますか？」「お酒はビール？焼酎？」と聞いたことはあるが、セックスの好みは聞いたことがない。「レズビアン、ゲイ、バイセクシャル、トランスジェンダーのうちどの趣味をお持ちですか？」などと聞く必要は全くなかったからである。それは滑稽な比較かもしれないが、友人間で「あなたはどれぐらい金持ちですか？」と聞くのと同じくらい不必要なことだった。

同性パートナーシップを、税法上の理由も含めて認めるようにする配慮などは必要と思われるが、つまりそんなことは役所が扱う人間関係のパターンの決め方で、それ以外の他人にはどうでもいいことである。それより『新潮45』の休刊に、私は別の点で失望した。雑誌は基本的に雑なる考え方を併記する場所だ。或いは、ハッキリと一つの思考の方向を示していたとしても、世間にはそれと正反対の考え方の場があることを承認した上での、一つの思想の提示の場である。少なくとも、現在の日本ではそれに近い状況を作ることは誰にでも可能である。

反対の立場や意見を示す方法はさまざまある。その印刷物の読者として賛同の投書をしたり、自分の考えに近い出版物を買うという方法もある。民間レベルの研究会に出る人たちもいる。一番やさしい方法は、夕飯の時などに今世間で起きている事件に関する自分の反応や考え方を家族がお互いに語ることだろう。我が家はもっぱらこの立場を取った。改めて聞いたことはないが、子供は賛成していた場合もあろうが、お腹の中で「ボクは反対だ」と思っていたことも多かっただろう。しかし所詮、子供は親とは将来別の生活をするのだし、この場で反対意見を唱えるのもめんどくさいか「大人げない」と思って、その場では黙っていたのだろう。

自分と反対の意見も知っておくべきだ、と思ったらその雑誌を買って読むことだ。しかしこんな下らない意見は読むに耐えないと思ったら、買わずに書店を出ることだ。それ以上にこの雑誌を追放してやろうという「暴徒的」な行為には、私は賛成できない。

先日、もう終りも近い自分の一生で、何が幸福だったかを確認しておこうと考えた。戦争中、食物に不自由はしたが、飢餓で死ぬ恐怖は覚えなかった。何より仕合わせだったのは、いわゆる略奪というものの光景を、私は一度も見なくてすんだことだ。スーパーなどを略奪する光景は外国のテレビ報道として見たことがあるが、あれは精神と肉体の双方の貧困を合わせてみせた悲しい場面だ。そういう行為を私は一度も見ずに済んだのだ。日本の同胞と国に深く感謝したい。

『新潮45』の悲しさは、「勇気がないこと」だった。何も銅像になったり子供の教科書に美談が載ったりするほどの勇気でなくていい。しかしささやかな個人の暮らしの中で、子や孫しか知らない程度でも自分の取ろうとする生き方のために、ほんの少しの抵抗をすることが充分に勇気なのである。それはほんとうにいい香りがする、と私は思い込んでいたのだ。

『新潮45』はこの勇気に欠けていた。雑誌として双方の対立する意見を載せ続け、その結果として少数の暴徒に踏みこまれたり、嫌がらせを受けたりするようなことにも耐える勇気を見せてほしかった。私は、新潮社という出版社は冷たく骨のある社だからそれくらいのことはできる、と思い込んでいたのだ。

しかし今は「ごくろうさまでした。お疲れになったでしょう」と言うだけだ。別に放火や殺人や詐欺をすすめたりしたのでもない雑誌をつぶした人たちは、この時代にまたはっきりと汚点を残した。しかしそれも仕方がないだろう。私たちの時代はそういう濁った時代だったのだ。そして私はそれを救う力を何一つ示せなかった平々凡々たる人間だったというだけのことだ。

自分は何かの役に立っている

私は昔から、一つのことに尽くす人の生き方に、深い尊敬を抱いて来た。男女の仲にも誠実があっていいが、そこまで行かなくても、好きな働き口で、長年続けたい道があっていいと思うのである。あの道も、この仕事も、どれもこれも皆やってみて、それなりにうまくこなす人も世間にはいるが、それとは正反対に、恋なら一人の相手、物でも一つの物に深い愛着を抱いて行く心の姿勢に、惹《ひ》かれ続けるのである。

しかし今は、そんな心理には同感のない時代らしく、せっかくの就職先を一、二カ月で辞める人も多い。

現実に仕事を始めてみたら、給与が安すぎるのか。勤務内容が苛酷なのか。しかしそんなことくらいなら常識で予測できる齟齬《そご》の範囲であり、心配なら勤める前に確かめられることだろうと思うし、勤めながら契約通りにしてくれ、と交渉する手もある。

もう半世紀以上も前に、私は小説を書いて一生を過ごしたい、と決心した。そして当時私が唯一知っていた評論家のU氏にそのことを話した。とは言っても、私はまだ当時一篇の作品も売れたことのない「小説家の卵」以前の存在だったのだ。

当時U氏は、「同人雑誌評」という見開き二頁ほどの欄を、文芸雑誌に受け持っておられ、そこで一、二行私の小説について言及して下さっただけである。

当時、私のような若者は、掃《は》いて捨てるほど世間にいたであろう。そういう連中に、どのようにして自分の才能を見極めさせ、甘い夢を絶たせるかが、年長者の任務だったのではないかとさえ思える時代である。

U氏は女子大の教授もしておられたし、私のような無謀な若者を「正気に戻す」こつも知っていらっしゃったと思うが、私に笑いながら質問された。

「作家になるにはね、通常三つの才能が要ると言われているんですよ」

それは「温かい脅しの言葉」だったと思うが、勿論《もちろん》私は初耳であった。

「作家になるには、『ウン、ドン、コン』が要るというんですよ。あなたはそのうちのどれを持っていますか」

つまり運、鈍、根である。

運は、運のいいこと。何をしても運が悪いと自覚している人は、多分作家にもなれない。

鈍は、適当に頭が悪いこと。根は根気強さ。

作家などというものは、長い年月、愛した人を怨んだり、病気をしたり、愛し続けたり、自分の作品を評価しない世間に憎悪を抱いたりするものだから、とにかく根気強くなければいけない。

私は多分（運は知らないが）鈍、根なら自分にはありますと答えたのだと思う。

私は学校の成績は悪い方ではなかったと思うが、どうやら人生で大きな問題を起こさなかったのはこの三つの中で、根だけはよかったからかもしれない。何しろ、やり始めたら一つの作業をずっと続けられる。飽きっぽいと言われる性格の逆なのである。

小説を書くにはまさに、この「根」の特技が要る。何しろ、来る日も来る日も原稿用紙の桝目を一字一字埋めて行く作業を続けるのだ。私は一千二百枚を超える書下ろし作品を手がけたこともあるが、この仕事は他のどんな仕事に似ているか、と聞かれたら、「ブロック塀を積む人と似ているかもしれません」と答えようと考えていた。とにかく四角いものを積んで行くのだ。だから、私が生涯に（六十年以上もの年月にわたって）書いた字の数は、二千三百四十万を優に超えていると思う。人間の手は五本につなげられた細い骨の連続だが、その機能はよく保つものだと思う。

異論はあるかも知れないが、これだけ書き続けられる鈍と根という一種の才能があれば、多分誰でも作家になれるのだ。

よく日本料理の板前は、カツオブシの出汁を取るだけのことを何年もかかって修業するのだという。ホテル業では、昔は大学出でも、まず平《ひら》のボーイとして現場に配置された。荷物運びのボーイ、コック場の皿洗いなどをさせられるのである。

私の知人は大学を出て東京の或る一流のホテルに入社し、初めてボーイとしてカバンを運んだ。すると一人の外国人の客がチップの代わりにアメリカのタバコを一箱くれた。彼はタバコを吸わない。何となくみじめになって涙がこぼれたという。

しかし、そうした歴史を踏んで行くうちにすべての人情がわかってくる。客の心理も素早く読めてくる。ボーイという立場より自分の方が偉いと思っている客は、実は心理の内側に自信のなさを内蔵している場合も多い。だからその部分を傷つけてはならない。

いかにも自分の方が社会的に優秀な人物かのように振る舞っている客でも、実は彼らの心理を守ってやらねばならないのは、自分たちの方だ、とさえ思えてくるのが、達人になったボーイの視線というものらしい。

もっとも、人間として、どのように生きたら最も上等なのか、ということを決めることは至難の業だ。学歴でもなく、役所の経歴でもなく、現在の肩書でもないことは確実だ。むしろ長い年月生きて来ても、まだその点でいつも「あの人とこの人」、或いは「あの人と自分」と、どちらが偉いのか迷っている人の方が問題なのだろう。

ずっと昔のことだが、職業も経歴も全く違う畑の人たちと一緒に外国を旅行することになった。行く先々で、何につけても席順が問題になる。そういう場合、一々考えたり、譲り合ったりするのは面倒だから、いっそのこと、日本を発つ前に順番を決めようと言い出した人がいたが、「ではその条件として日本国籍を取得した順にいたしたいと思います」とその提案者が言った時、皆が盛大な拍手を送った。つまり年齢順である。中に一人台湾だか香港だかに生まれた人がいて、その人は、正式に日本人になったのがかなり遅かった。その人はルールに従ってずっと末席に据えられたが、若く見られたようで、悪い気はしていないようだった。

「ドン」、つまり鈍について、世間はほとんど評価していないようだ。確かに感じのにぶい鈍な人は、困った存在と思われることが多いのだが、実は鈍は、物事を継続できる最大の才能である。

あの人と比べると、自分の方が劣る、と思わせられることは多い。かけっこをやらされても、歌を歌わせられても、優劣は瞬間的にはっきりする。しかし「一番上手な人」だけがその分野を担っているわけではない。文化も技術も、それに加わる人材の厚みが必要だ。つまり要らない人はいないのである。

かけっこをしてビリの人がいないと、ビリから二番目という評価もない。つまりトップも生まれない。その味やからくりがわかるのが人間として成長することなのだが、驚くべきことに学校秀才でも一生そういう点がわからないまま死ぬ人さえいる。

人間は、一人一人が何らかの任務を帯びて生きている。

寒い国には犬橇《いぬぞり》と橇をひく犬がいるのだが、その犬たちの能力や性格をよく知って引き綱にうまく配分して繫ぐのが、犬橇を使う人間の任務だ。強い犬をどこにおけばいいのか、私はよく知らないが、力もなく、怠け者の犬の中にはただ繫がれているだけで、何一つ牽引力になっていないのもいるという。それを見抜くのが、犬橇の持ち主の眼力だ。

しかしその怠け者の犬にも、使い途《みち》がないわけではない。

もしその犬が、鞭に打たれてもただキャンキャン啼《な》き喚《わめ》くだけの性格なら、それは一つの才能だという。犬橇の持ち主はもっぱら鞭をその犬めがけてふり下ろす。必ずしも力任せでなくていいようだ。しかし鞭が降って来たというだけで、この犬は人一倍ではなく「犬一倍」啼き喚く。

その声が他の犬に警告や緊張を与える。怠けたら大変だ。いつも引き綱がぴんと張っているようにしておかねば鞭が飛んでくるのだぞ、という予感を与えるのである。

このようにして、実際に牽引力が強いので橇引きの実働力になっている犬も、そうでなくて、ただ啼き喚く犬も、それぞれに橇を引く力になっている。ただし人間がその力関係をうまく使えれば、ということだ。

世の中には、ほんとうに何にも使えないという「能無し」もいるだろうが、そうした存在がまた、社会に実感的な警告を発している場合もある。

そのからくりがわかった時から、私は妙に生きるのが気楽になった。自分が何かの役に立っているだろう、と実感をもって思えてきたからである。

あとがき

世間の人は、人間が文字を書く場合のことについて、かなり厳密に分類をしているようである。つまりエッセイ、小説、個人の日記の文章では、全く違う文体が出現すると思う人がいるようだ。

しかし実作家の私からみると、文章は、その時の作者の心理に最もよく合致するものがあるだけだ、もし私に和歌を詠む習性があるとすれば、一冊のエッセイ集の「あとがき」にも只一首の歌をおく気になるだろう。それに遠慮がちに反対するのは本の編集者だけで「やはり、原稿で五、六枚分頂くと思ってましたので、お歌一首だけですと、頁が白いまま残って、読者が原稿の組み忘れと思うかもしれません」くらいのイヤミを言って来るかもしれない。

私が今言おうとしたのは、どの本も、作者の気まぐれと、忍耐強い編集者の徳が出会ったポイントで火花のようにできたもの、だということだ。

いずれにせよ、一冊の本は、数人の関係者の出版物（または活字でもいい）に対する深い慈《いつく》しみと社会に対する義務感の結果生れる。そこに書かれている内容が、どんなにお粗末なものであろうと、その経過は、人間的で感動的だということを、私はいつも感謝をもって受け止めている。

気まぐれは確かに気まぐれだが、人間の気まぐれを記録するのは広い意味での文学の世界しかないかもしれない。心理学は、その意識の流れを追跡しようとするが、しばしばそういう操作は理に落ちる。繋がるわけもないことを繋げる人間性は飛躍に満ちているので、学問の世界ではまだその継目の部分を解明できないのである。

私は無言のまま、人間の心をあらゆる形で繋ぐ仕事を六十年以上にわたって見せてもらって来た。学問ではないが貴重な日々であった。その幸運に対する感謝の波を心の奥底に感じつつ、この本を終りたいと思っている。

令和二年九月

曽野綾子

本書は、「ＷｉＬＬ」連載中（二〇一七年三月号～二〇二〇年八月号）の「その時、輝いていた人々」を改題し編集したものです（二〇二〇年四月号、六月号は休載）。

曽野綾子（その・あやこ）
作家。1931年、東京生まれ。聖心女子大学文学部英文科卒業。ローマ法王庁よりヴァチカン有功十字勲章を受章。日本芸術院賞・恩賜賞・菊池寛賞受賞。著書に『無名碑』（講談社）、『神の汚れた手』（文藝春秋）、『風通しのいい生き方』『人間の愚かさについて』（以上、新潮社）、『人間にとって成熟とは何か』『人間の分際』（以上、幻冬舎）、『夫婦、この不思議な関係』『沖縄戦・渡嘉敷島「集団自決」の真実』『悪と不純の楽しさ』『弱者が強者を駆逐する時代』『想定外の老年』『安心と平和の常識』『出会いの幸福』『曽野綾子 自伝——この世に恋して』（以上、ワック）など多数。

コロナという「非日常《ひにちじょう》」を生《い》きる

2020年10月19日　初版発行

著　者　曽野綾子

発行者　鈴木 隆一

発行所　ワック株式会社
東京都千代田区五番町 4-5　五番町コスモビル　〒 102-0076
電話　03-5226-7622
http://web-wac.co.jp/

印刷製本　大日本印刷株式会社

ISBN978-4-89831-828-7